I0564935

# GENEVIÈVE

## DE BRABANT,

### Légende du neuvième siècle;

REMISE EN LUMIÈRE

PAR G. CONBROUSE.

Amicis amicus.

PARIS.

IMPRIMERIE DE CASIMIR,

RUE DE LA VIEILLE-MONNAIE, Nº 12.

1836.

# GENEVIÈVE

## DE BRABANT,

### LÉGENDE DU NEUVIÈME SIÈCLE.

# A MES AMIS.

Dans les jours de mon enfance, penché sur les genoux de ma mère, je ne sais quel plaisir infini je prenais à lui entendre raconter l'histoire de Geneviève et de son fils perdus dans les bois; cette histoire est souvent repassée depuis dans ma mémoire comme un souvenir de journées heureuses. Alors j'ai voulu l'écrire, pensant qu'elle pourrait convenir à une curiosité plus sérieuse que celle du jeune âge; car, dans un simple récit, dans une légende à peine rimée, cette chronique nous intéresse par les sentimens les plus doux et les passions les plus violentes à une époque où crimes et vertus conservaient leur énergie naturelle.

En écrivant ces pages, je me suis souvenu de plusieurs auteurs sans chercher à les imiter. J'ai laissé par ci par là quelques tournures gauloises, quelques mots vieillis, pour rappeler l'époque du récit, le genre de la composition; enfin si ces pages paraissent à ceux que l'amitié me rend chers écrites avec quelque élégance et vérité, ils me pardonneront, en le connaissant, ce péché littéraire...

Juillet 1836.

# GENEVIÈVE

## DE BRABANT,

### LÉGENDE DU NEUVIÈME SIÈCLE.

———

Las ! enfans, finirez-vous ce soir de geindre et de quereller ? Écoutez... n'entendez-vous pas fuir les francs chasseurs et leur meute infernale ?... Rapprochez-vous de moi, petiots... jetez de la fougère sèche dans ce feu pour qu'il pétille... Avez-vous bien fermé les issues de la chaumière ? Poussez encore le volet... Le bruit redouble, et le cor y mêle ses fanfares... Taisez-vous... les voici... Qu'importe à la vieille filandière aveugle ? je ne les verrai pas... Priez, priez, enfans... ils vont passer... La maison tremble comme si cent chariots de guerre dévoraient le chemin... Allez, courez, maudits ! La biche au blanc poitrail vous défie,

1

avec vos noirs coursiers et vos dogues noirs; quand
elle vous montrera sa croix d'ébène, qui pousse chaque
printemps au milieu de sa ramure, vous fuirez comme
le vent, vous hurlerez dans l'ombre d'où vous n'oserez
sortir... Eh bien! où êtes-vous blottis, mes petiots,
que vous ne respirez?... Laissez mon tablier, laissez
mon rosaire... Venez tous maintenant, pour que je
vous raconte l'histoire de Geneviève de Brabant.

. . . . . . . . . . . . . . . . . . . . . . . . . .

C'était un brave et puissant seigneur que le comte
Hubert de Trèves; il avait épousé l'héritière du Brabant, Geneviève, aussi pieuse, aussi belle que la sainte
du même nom qui éloigna de Paris, avec sa houlette
de bergère, les sauvages tribus du Nord.

Jamais tête plus noble n'avait porté, jamais bras
plus intrépide n'avait défendu la couronne de nos an-
ciens comtes; mais aussi jamais aucun d'eux n'avait
eu de si avenante et de si douce compagne que la fille
d'Ermangard. Dans la mêlée des batailles, l'ennemi
reculait devant la bannière ou tombait sous la lance

d'Hubert ; tandis que , cachant sous un voile de lin les blondes tresses de sa chevelure et la grâce de son sou-. rire, son épouse venait distribuer sous le chaume , où il y a tant de souffrances , le chanvre et la laine qu'elle avait coutume de filer au milieu de ses femmes... En passant le seuil de nos cabines , elle semblait entrer dans sa propre famille , tant elle trouvait de plaisir à caresser nos enfançons , bien qu'elle se lamentât de n'en point avoir, et que souvent elle se prît à dire en embrassant le plus gentil : « Voudrais, pauvret, que tu fusses mien ! »

Il y avait trois ans qu'elle demandait un fils , et toujours son espoir se trouvait déçu. Elle avait fait maints vœux , récité je ne sais combien d'oraisons , entrepris de longs pélerinages , rien n'avait pu contre sa stérilité ; aussi la pauvre comtesse était réduite à envier le sort de la plus chétive mendiante qui sourit à l'enfant qu'elle porte suspendu à son dos , pendant que le petiot , pour réchauffer ses menottes , les passe au cou de sa mère.

Le comte Hubert, la voyant triste de sa stérilité,
s'en affligeait par pitié d'elle ; son ambition aussi trouvait un rude mécompte à n'avoir aucun rejeton de son
mariage... Si Geneviève mourait sans postérité, lui,
si brave lance et si judicieux politique, il était réduit
à délaisser un vaste comté, qu'il pouvait facilement
agrandir, et dont il pensait tirer de puissans secours
pour recouvrer son comté de Trèves perdu depuis
longues années.

C'était sans doute pour dissiper des idées aussi im-
portunes à son orgueil, qu'il se livrait avec passion
aux chasses les plus éloignées et les plus dangereuses.
Aussi fier de son adresse à ces jeux que de son courage
dans une mêlée, il habitait rarement son châtel, ne
pensait guère à nous, gens des communes, nous aban-
donnant à l'autorité de son conseiller et châtelain,
messire Amaury Golo, et à la pitié généreuse de Geneviève, qui jamais ne nous délaissa. Le son du cor lui
semblait un cri de guerre ; il s'enfonçait dans les forêts,
sur les pas de ses meutes, et suivait le sanglier jusqu'au

Rhin, à travers les Ardennes. Au retour, on n'enten-
dait que gais propos de chasse, d'aventures et de
prouesses. Un piqueur avait hâte d'apporter, sur un
plat d'argent massif, la hure du dernier sanglier abattu
par l'épieu du comte. Mais Geneviève détournait la
vue de frayeur, et, plaintive, se jetait au cou d'Hubert,
en lui reprochant de hasarder sa vie dans de si péril-
leuses rencontres, tandis que lui, passant ses bras autour de sa gracieuse ceinture, l'obligeait avec douceur
à se rapprocher de l'objet de sa crainte, et, en les bai-
sant, forçait ses yeux timides à contempler la hure
sanglante du monstre abattu.

« Assez de plaintes, ma gentille dame; la chasse
n'a-t-elle pas autant de renom que la guerre? Manier
l'épieu en guise de hache d'armes, est-ce un délasse-
ment indigne de mains nobles? J'aime à terrasser le
sanglier qui se dresse devant moi dans sa fureur;
comme, au combat, c'est une gloire de renverser l'ennemi qui vient à moi sur le ventre de mes soudards.
A toi, ma douce mie, loisir de travailler ainsi que filan-

dière, et plaisir à toi dans ce paisible labeur; à nous, comtes forestiers du Rhin, habitués à poursuivre le Saxon et le sanglier, de rechercher de plus rudes passe-temps, afin de ne point oublier le péril, ni de laisser languir la vigueur de nos bras. »

Rassurée par ses paroles, et *souriant a travers ses larmes*, Geneviève serra plus étroitement son époux. Elle avait paru si touchante dans sa naïve frayeur, que Golo dit, aux applaudissemens de tous : « Ah ! si notre maîtresse daignait une fois venir admirer la belle ordonnance de nos chasses, sûrement qu'elle y trouverait plaisir, et nous honneur.

—Geneviève nous accompagnera au premier jour, » répondit le comte. Puis, tirant à part son sénéchal, il lui confia son projet et l'espoir secret qu'il en tirait déjà. « Par saint Hubert, mon patron, tu es un habile devin, maître Golo; Geneviève semble une nonne à ne jamais quitter ainsi le château; je veux désormais que, répudiant sa quenouille, elle abandonne aux vilaines ses œuvres de filandière. Elle nous suivra au

milieu des bois; l'air animera ses joues si pâles; sa
langueur s'égaiera au bruit de la chasse. En suivant
la liberté des champs et des bois, elle m'en paraîtra
cent fois plus belle. Qui sait? peut-être qu'un gentil
rejeton des comtes forestiers voudra pousser au milieu
de leurs verdoyans domaines.

— Amour est un franc chasseur qui n'a jamais rencontré sous la feuillée de cœur revêche à ses lois,
hasarda Golo.

— Flatteur! tu veux donc que je te donne cette
chaîne d'or dont j'espérais parer l'image de la Vierge
des Ardennes?...

— Nous cesserons de marcher pieds nus, comme
pénitens d'amour, ajouta le flatteur.

— Silence, Golo! nous mettrons notre espoir en
des moyens plus appropriés à notre nature et à notre
amitié pour notre gracieuse épouse. Voyez à ce que
tout soit prêt au jour indiqué. »

Donc, par une belle matinée d'automne, les cors
sonnèrent à l'envi de joyeuses fanfares; les aboiemens

des meutes s'unirent aux hennissemens des coursiers ;
quelques lévriers couraient çà et là dans l'impatience
de sentir le gibier. Geneviève parut ; une mule blanche,
amenée au bas du perron, reçut le léger fardeau... Soudain les cors de retentir ; et la troupe de chasseurs de
voler vers les bois. Geneviève éprouva un vif conten-
tement à faire courir sa rapide monture dans leurs
longues avenues ; elle prenait un plaisir d'enfant à tenir
sous sa puissance et à diriger selon tous les caprices
de sa volonté un être aussi impatient de sa nature que
la mule aragonaise. A voir ses longs voiles blancs volti-
ger, sa longue robe écarlate au menu corsage bouffer
derrière elle, à voir sa blonde chevelure, dénattée par
le vent, s'enrouler autour de sa coiffure diadémée,
comme pour offrir aux yeux de ses vassaux la double
couronne de la puissance et de la beauté, on l'eût prise
pour la fée Mélusine égarée dans les bois, et fuyant la
poursuite amoureuse des Sylphes.

Quand elle se trouva au haut des collines, et qu'elle
eut respiré la senteur des feuilles tombées, elle sentit

plus d'air entrer dans sa poitrine... Alors elle entr'ouvrit son gorgias; elle se mit à écouter, ainsi qu'une
biche timide chassée du vallon, les sons du cor qui
lui venaient d'en bas ; elle regarda les chasseurs disparaître derrière les hauteurs voisines. Sans souci de
les rejoindre, elle mit sa monture au pas et s'avança
à l'aventure dans les sentiers les plus frayés. Ses femmes
et peu de serviteurs la suivaient à quelque distance.

Golo, que des ordres à donner avaient retenu en
arrière, passa près d'elle ; il l'avait reconnue de loin à
ses voiles blancs. Il s'approcha avec l'assurance d'un
confident qui a les bonnes grâces de son maître ; il
adressa même la parole, après un semblant de salut,
à la comtesse, qui, revenue de sa rêverie, rajusta son
gorgias sans daigner lui répondre. Elle se trouvait offensée de la brusque approche du sénéchal.

« Je suis bien malheureux de déplaire à ma noble
souveraine », hasarda le coupable qui, heureux de son
audace, contemplait à loisir ses charmes... Elle remit
son voile... Il avait honte et regret de s'éloigner... « Ce

voile est aussi gracieux que celui des fées, fit-il ; mais
les fées ne répondent point à l'amour des hommes,
tandis que l'amour d'une noble dame peut élever
d'humbles créatures jusqu'aux célestes félicités. » Elle
s'arrêta pour attendre sa suite... Il devint fier du
trouble où il la considérait avec des yeux enïvrés...
« Ah ! Geneviève, si vous releviez ce voile, je me croi-
rais pardonné de ma folle audace ! Quand le Seigneur
pardonne à la terre, sa main replie les nuages qui voi-
laient le front du ciel, et laisse un ciel bleu nous sourire. »

Elle fit un geste de dédain... « Ah ! Golo, vous man-
quez lâchement à la foi de vassal ! Si n'était ma pitié,
j'appellerais mes serviteurs pour vous faire conduire
devant le comte Hubert. Éloigne-toi, foi mentie, et
sois plus dévoué à ton maître que tu ne l'es aujourd'hui
envers ta maîtresse. »

C'est en vain qu'il voulut baiser le bas de sa robe...
Elle leva sa houssine dans l'intention de le châtier s'il
l'eût fait...

« Le chien qu'on menace, dit le perfide en se retirant sans avoir été aperçu d'aucun dans ses desseins criminels, le chien irrité mord la main qu'il aurait caressée.

— Dis le méchant, et non le chien, murmura l'offensée : c'est un noble animal que le chien qui veille à la garde de son maître et caresse ceux de son sang ; jamais l'âme d'un traître n'approcha d'un tel caractère, et c'est mensonge dans la bouche de ce misérable que de se comparer à mon fidèle lévrier. »

Golo avait osé jeter un seul instant des regards coupables sur Geneviève, et pour jamais il était perdu ; car, autant un loyal amour élève le cœur de l'homme, autant de honteux désirs l'asservissent au mal... Il se hâta peu de rejoindre la chasse, ainsi qu'avait fait sa maîtresse, qui, par là, pensait se mettre sous la garde de son époux... Captif de sa passion, il préférait se trouver seul, dans la crainte d'avoir à rougir devant Geneviève, ou à trembler devant le comte... Il sembla se séparer de tous ; il prit les sentiers les plus déserts ;

il s'enfonça dans les fourrés les plus obscurs. Qu'allait-il y chercher, le méchant?

Lorsqu'il reparut au milieu des chasseurs, ses regards, à la fois sombres et ardens sous leur noire paupière, étincelaient d'une joie impie... Il était le plus empressé à poursuivre une biche qu'une meute noire, aux aboiemens sauvages, avait lancée dans le vallon. D'affreuses morsures ensanglantaient son blanc poitrail; malgré leur ardeur, elle les devançait à bonds rapides... Sa ramure fendait l'air avec le bruit de la flèche... Elle courut long-temps à travers les halliers... Le soleil se couchait à l'horizon, quand, haletante et blessée, elle s'en fut tomber aux pieds de Geneviève.

Les traits s'arrêtèrent sur l'arc des chasseurs : les chiens se turent : ils attendaient leur proie. On sonna pour rallier les égarés. Pendant ce temps, la fugitive, balançant faiblement sa ramure et poussant de longs gémissemens, semblait résignée à son sort. Golo présenta son glaive au comte; ce dernier descendit de cheval, et s'avança pour ôter la vie à la biche.

« Généreux comte, dit Geneviève, jamais votre dame ne vous a requis de grâce à ce rude jeu; par ainsi vous avez assez tué d'autre gibier, et m'accorderez merci pour cette pauvre bête qui gît là navrée.

— Non! non! répliqua Hubert. Si vous saviez combien nous sommes harassés! Voyez ces chiens qu'elle a meurtris; voyez nos chevaux tout pantelans... Par saint Hubert! je ne retournerai pas au châtel sans rapporter sa dépouille.

— Las! implora la dame, j'ai pitié de cette biche, et ne veux point manquer à la protection qu'elle réclame de moi. J'avais tant compté lui sauver la vie! »

Le comte hésitait.

« Oui, noble seigneur, il vous faut obéir, murmura Golo; rengaînons le fer; chevalier doit soumission aux dames. Là! là! vous autres, cessez vos fanfares, nous allons revenir tout à l'heure comme des vilains... Heureusement que la nuit pourra nous cacher...

—Que veux-tu dire? interrompit son maître.

— Rien que l'usage des vrais comtes forèstiers de Brabant n'autorise... Aucun, sur mon âme! n'est cité pour avoir fait grâce au gibier lancé... et pourtant leurs femmes avaient coutume de suivre toujours la chasse.

— Ah? les vrais comtes... je t'entends.

— J'entends aussi votre suite qui aurait eu le temps de relancer... quelques lièvres... à moins que ces bêtes manantes n'aient le privilége d'aller encore se gîter sous la protection des suivantes de notre comtesse.

— Tais-toi, langue venimeuse, ou je t'arracherai la vie avec l'aiguillon. Regarde si jamais vrai comte forestier a mieux su plonger le couteau que moi dans les flancs d'un cerf. »

Et il s'avança ; mais, se précipitant au bas de sa mule, Geneviève arrêta sa main. « Est-ce ainsi que m'octroyez mon humble requête, messire? »

Golo se prit à rire perfidement... son rire effleura le regard du comte, qui, bouillant de colère, courut vers la biche.

Geneviève s'approcha sans crainte de la reine des bois, et, s'appuyant sur sa tête, qu'elle baissait en signe de reconnaissance, elle prononça de voix émue ces paroles :

« Arrêtez, comte ; n'écoutez ni les railleries d'aucun, ni les conseils de votre amour-propre. Ce serait à tous une lâcheté que de tuer ce pauvre animal, pour vous une félonie que de rejeter ma prière. On accorde la vie à des êtres plus malfaisans que celui pour lequel j'ai imploré merci... Eh bien ! vous ne m'obéissez pas ! Au fait, pourquoi priais-je quand je pouvais commander ? Chasseurs, la comtesse Geneviève vous ordonne de laisser vie sauve et liberté plénière à ma protégée. Et toi, toi que j'appelle ma protégée, revole, joyeuse, à tes clairières, en te rappelant ( si le Ciel a fait don de souvenance à de pauvres créatures comme toi ) qu'aujourd'hui Geneviève t'a gardée du péril de mort. »

A peine l'espace fut-il libre, que, relevant sa tête avec fierté, la biche bondit de toute sa hauteur, sans que sa blessure l'empêchât de raser, plus légère qu'une

matineuse ondée d'avril, les collines et les vallons...
bientôt l'espace la déroba à tous les yeux... Quelques
aboiemens sauvages retentirent dans l'épaisseur des
taillis ; ils allèrent en s'affaiblissant, et soudain ils s'é-
vanouirent dans le silence solennel qui domina sur
l'immense forêt des Ardennes.

Alors on reprit le chemin du châtel : les dames
joyeuses, les hommes surpris de l'empire exercé par
Geneviève. Le comte était à la fois irrité et content de
sa déférence ; Golo seul se tenait à l'écart de ses maîtres,
raillant au milieu de quelques chasseurs, et ne cachant
guère le mépris que lui inspirait la pitié presque en-
fantine de Geneviève. « Ainsi pleurent les nonnes
dans un moutier, disait-il, quand meurt le moineau à
qui elles donnent pâture et asile à chaque printemps. »

L'humeur d'Hubert se dissipait ; à mesure que son
esprit renaissait plus calme, il se rapprochait presqu'à
son insu de sa compagne ; et quand il vint à jeter ses
yeux sur la beauté de ses traits, qu'il se rappela la
grâce de ses manières et la dignité des paroles par les-

quelles elle avait imploré pitié pour la pauvre biche,
ému de tendresse autant que honteux de son obstination, il se mit à ses côtés, il prit les rênes de sa haque-
née pour lui faire ralentir le pas, et parut s'empresser
à rétablir l'amitié qu'aurait pu affaiblir un silence plus
prolongé. Il la trouva pensive : on eût dit qu'elle in-
terrogeait le ciel dans la pensée de connaître comment
une femme, jusque là si timide, s'était sentie tout d'un
coup armée d'une forte et généreuse résolution; elle
se demandait peut-être compte aussi de l'intérêt qu'elle
avait manifesté pour une créature que tout dévouait
chaque jour à la mort; et sans chercher à découvrir
la liaison secrète que Dieu pouvait avoir marquée
entre cet événement et l'avenir, elle le remerciait d'a-
voir eu le courage de lutter contre les railleries de
Golo et l'emportement de son époux, afin d'accomplir
l'inspiration de son cœur.

Aussitôt que le comte chemina à ses côtés, elle lui
dit avec un doux sourire : « Je vous demande pardon,
messire, de ce que vous appellerez mon obstination à

2

être si miséricordieuse, même envers des créatures privées de raison. Je n'ai jamais fait acte de souveraineté ; il me paraît heureux d'en avoir usé aujourd'hui pour défendre la vie de cette biche... Je ne sais pourquoi, en vous implorant pour elle, une inspiration secrète semblait me dire que, dans des jours d'infortune, peut-être j'en serai récompensée... J'ai rêvé quelquefois que j'errais, perdue dans les Ardennes... que j'y étais seule, et que les hôtes des bois prenaient pitié de ma détresse... Quand je pensais au faon qui l'attendait, sans oser le franchir, au coin des clairières, je me souvenais du berceau de l'homme, que le ciel a soumis aux mêmes misères que le nid du passereau et le gîte des bêtes. »

Son mari connaissait trop la piété de Geneviève pour contredire ces pressentimens... Il soupira au nom de berceau prononcé par sa compagne... un regard mélancolique, qu'il jeta sur elle, et qu'à peine elle put apercevoir, paraissait lui dire que ce bonheur lui était toujours en espoir et toujours déçu. On arri-

vait près du château... soudain Hubert tressaillit... le
vent du soir lui apportait les sons lents d'un cor inconnu. « Ici, Golo; ici, maître railleur! Qui peut
chasser à cette heure? Pourquoi ce rappel?

— Quelque franc chasseur, sans doute, qui fait son
profit de la biche, et qui, par moquerie, ne manquera
pas de nous envoyer, comme à des moines, la tête de
la bête pour la clouer au portail. »

Et Golo se mêla, avec un air d'insouciance, à la
troupe des autres chasseurs, où un long rire joyeux
recommença à circuler.

Le comte eut hâte de rentrer; aucune fanfare n'ac-
cueillit son arrivée. Le repas fut silencieux; le peu de
paroles qu'échangèrent les convives se prononcèrent
à voix basse. On craignait d'irriter le commensal, et
le repas se termina promptement.


Que s'était-il passé au châtel pour que le lende-
main, de bonne heure, le sénéchal fût mandé en la
chambre de repos de son maître? Le méchant crai-

gnait une disgrâce, et ce fut une faveur qu'on lui accorda. « Approchez, lui dit Hubert, mettez genou en
terre devant votre souveraine, qui a daigné, sur nos
instantes prières, vous remettre tous vos méfaits
d'hier. Elle vous tend la main... Pourquoi la retirez-
vous, Geneviève? et pourquoi Golo n'ose-t-il avancer
ni fléchir le genou? Qu'est-ce à dire? La main, Geneviève! votre mari l'ordonne. A genoux, vassal! ton
maître te le commande. Fléchis mieux ton genou,
Golo, fléchis-le jusqu'à terre. »

Il s'humilia, il baisa la main qui lui pardonnait, et,
comme dans cette action le vêtement de nuit, en glissant, laissait l'épaule de la comtesse à nu, il sentit son
cœur bondir de honte et d'espoir... Il tenait sa main,
et fut long-temps à la quitter, car il ne pouvait se las-
ser de voir si belle créature, et Geneviève craignait, en
révélant l'audace du traître, de le voir périr à l'instant
sous le fer de son époux.

Le comte remarqua peu ce trouble ; il n'y vit que
l'admiration d'un serviteur pour sa noble maîtresse.

« Voyez-vous ce vassal, comme il insiste sur le pardon
et prend goût à la pénitence ! fit-il en riant. Si douce
qu'elle te semble, Golo, je te défends d'en avoir jamais besoin... jamais, car ce serait ta perte. »

Il crut avoir réconcilié à toujours Geneviève et
Golo... Mais l'une avait dit : « Ce n'est que par souvenir du Christ que je dois, et par amour pour mon
époux que je puis te pardonner. » Et l'autre avait
pensé que la main qu'on venait de lui tendre géné-
reusement, avait, sans le savoir, signé le pacte qui
lui livrait tout. En se retirant, il ne jeta qu'un regard
de fausse humilité sur le comte ; quant à sa souveraine, il ne se retourna point vers elle. Et pourquoi
l'aurait-il fait? N'avait-il pas mission d'éprouver sa
résignation? Sa persévérance ne devait-elle pas s'accroître de la douceur de Geneviève, son audace s'en-
hardir des mauvaises passions qui trop souvent secon-
dent, à leur insu, les desseins du crime? C'est en
elles qu'il devait chercher ses complices, et il les y
trouva.

Le comte, livré aux seules inspirations de son
cœur, n'en avait ordinairement que de généreuses;
mais, comme tous les caractères ardens, la contrariété,
en apparence la plus indifférente, l'irritait, et alors
il s'abandonnait à toute la fougue de son irritation.
Ainsi, dans sa fureur, le lion recherche le reptile qui
l'a piqué, tandis qu'il néglige de répondre aux at-
taques de l'homme. C'était de son propre mouvement
qu'il avait fait participer Golo à sa réconciliation avec
son épouse, et voici qu'il se repentait de sa déférence.
Il s'indignait des railleries de son sénéchal, et son
orgueil lui disait qu'elles étaient méritées. Il avait été
fier d'obéir à son épouse, et il se reprochait cet acte
de condescendance en face de ses vassaux... « Suis-je
donc son vassal, moi, qu'elle m'intime ses ordres en
souveraine de Brabant? Se ferait-elle un orgueil d'être
sans héritier pour mieux m'asservir à son joug? Au
lieu d'orgueil, c'est honte à elle, si jeune, si ronde-
lette qu'on dirait une nonne de Vaucelles, de ne pouvoir m'enfanter un petit Hubert ! Ses pèlerinages sont

des bulles de savon qui crèvent en l'air ; pas un de
ces moines qu'elle visite n'obtiendra du ciel un rejeton, à moins qu'ils ne le lui fassent, comme le chantent
à mes oreilles je ne sais quels mécréans. Eh ! pourquoi
me livrer à la colère?... Je n'ai que des mouvemens
d'orgueil, et c'est peut-être à cause de cette colère,
de cet orgueil, que le ciel m'a privé de postérité... A
Dieu ne plaise que ma couronne de comte, de souverain de Brabant et de Trèves, ne pare que la tombe
d'Hubert, jamais le berceau d'un fils!... Et puis, Geneviève serait si heureuse d'avoir un gentil enfançon!
Pauvre Geneviève! c'est la plus belle fleur du Rhin ;
mais, comme l'églantine, elle n'aura fleuri qu'une
fois, sans nous promettre ses boutons!... Il faut se
résigner... Bah! c'est ce que disent les moines... Attendre... quoi? la mort? elle vient tous les jours sur
un champ de bataille, et du moins, là, on peut courir
au-devant... J'irai!... Là mon courage, si je n'ai
point d'héritier, laissera du moins un nom... On ne
m'enviera pas ma couronne... c'est un ornement de

tête qui n'attire que des coups de lance, et puissé-je la faire briller au premier rang!... Mes soudards me reverront en leur compagnie, sinon la rouille finirait par ronger mes éperons. Au combat! au combat, Hubert! ton sang doit teindre la bannière de Brabant : c'est un linceul digne d'un roi! »

Le sénéchal n'eut point le secret de ces amères réflexions, que la perversité de son cœur lui fit deviner; il savait qu'une violente colère s'épuise plus vite que le torrent tombé des collines, tandis qu'un mécontentement déguisé, lent dans son cours, plus lent encore dans ses progrès, ne rétrograde jamais; qu'il revient sans cesse sur lui-même, et chaque fois plus irrité; qu'au lieu de se perdre sur les derniers obstacles, il accourt y écraser tout, honneur et pitié. Ainsi, vanité de chasseur déçue, orgueil de rang abaissé, espoir de père trahi, les rêves de bonheur et d'ambition toujours renouvelés et toujours anéantis, n'était-ce pas autant de motifs qui dussent redoubler le chagrin d'Hubert et servir les complots du sénéchal?

Ce fut dans ces dispositions que le comte reçut ordre
de rejoindre, avec ses troupes, le camp de l'empereur, alors occupé à guerroyer contre les Saxons. Les
premiers jours du printemps égayaient les champs;
l'hirondelle venait du midi nicher sous le portail du
château; quelques rouges-gorges avaient essayé de chan-
ter dans les bois... Un beau soleil annonça le départ.

Une tristesse profonde régnait au front de l'épouse,
quand il lui fallut descendre au perron du château...
la négligence de ses vêtemens se ressentait du deuil de
son cœur... son protecteur s'éloignait... Elle le suivit
jusque dans la cour où il allait monter à cheval... Les
trompettes sonnèrent, et, à leur son, le visage d'Hubert
respira toute la fierté guerrière des paladins de l'empereur... à la veille des combats : ses traits avaient repris
leur mâle et insouciante assurance ; il lui tardait de
partir. Un long embrassement, des larmes sur les joues
et des larmes dans le cœur, des paroles que les san-
glots étouffèrent, tel fut l'adieu de Geneviève.

Les trompettes sonnèrent de nouveau ; le comte enfourcha son destrier, et, après un dernier signe d'amitié, fit un salut militaire à ses compagnons d'armes. Tous franchirent au galop le pont-levis... Au-delà, les rangs se reformèrent, et bientôt la poussière que la troupe soulevait ne laissa plus briller çà et là que des fers de lance ou une banderolle écartée, que l'air déroulait de sa hampe.

Avec la dernière lance, tout espoir disparut dans le cœur de la comtesse. Elle était montée sur la plate-forme de la grande tour; elle contempla long-temps cette cavalcade, souhaitant à part soi que c'eût été une troupe étrangère qui passât ainsi devant le château. De tristes présages assaillirent son âme. Elle pencha la tête sur le parapet et pleura... « Comme il lui tardait de partir ! se disait-elle avec l'amertume et la faiblesse d'une pauvre délaissée... Il s'éloigne presque avec joie de ces lieux, où un héritier ne le retient pas... joyeux, quand l'affliction me tue, et que toute ma force était dans sa présence !... Hélas ! je n'ai pas d'enfant ! voilà toute ma faute, et c'est aussi ma croix...

J'ai donc péché, qu'un premier-né ne me nommera point sa mère! Si je le possédais dans mes bras, combien mon cœur puiserait de courage à le regarder! Où sont les piéges, les périls que je craindrais!... Hélas! ils sont tous là qui m'attendent, seule à lutter... Golo sera au milieu d'eux, et le plus redoutable de tous... Golo, que la confiance du comte élève presque au-dessus de moi, que mon pardon enhardit à de nouveaux outrages, que Satan peut-être a formé pour l'accomplissement de ses desseins,... que veut-il, ce maudit? ma honte et la ruine du comte... Dans la solitude où je vais vivre, Golo me poursuivra... Comment fuir? le puis-je?... Oh! l'héritière de Brabant ne peut se sauver comme une coupable dans ses quatre comtés... Fuir devant Golo, devant un misérable vassal, plutôt mourir!... Mourir! voilà donc ce qui me reste... Ma mort sera lente, cruelle, et pourtant je dois m'y résigner... Dieu me soutiendra... Oui, Seigneur! vous êtes mon seul refuge. O vous, qui protégez l'oiseau qui s'abrite dans le creux de ces murs! qui regardez en pitié le nid que reçoit le créneau de ces tours ! dans ces tours une infortunée va gémir ; Seigneur ! vous souviendrez-vous de Geneviève , et prêterez-vous l'oreille au cri de sa misère ? »

Elle prononça ces dernières paroles à genoux sur la pierre ; une douce foi ramena l'espérance dans l'âme de cette colombe désolée, et l'espérance rappela la sérénité dans ses yeux, l'assurance dans son maintien. Quand elle se releva, appuyée sur le bras de Dieu, elle attendit avec confiance l'heure incertaine , quoique irrévocable, de l'épreuve.

Golo l'avait suivie ; il avait compris l'abattement de sa victime ; il s'était réjoui par avance du succès de ses ruses, et souriait de la fierté de sa maîtresse, qu'il pensait voir bientôt fléchir à ses pieds.

Elle aperçut le méchant... elle frémit... puis, rassurée par sa foi dans le ciel , elle le lui montra , pour lui annoncer son témoin et son juge, et descendit de la tour reprendre, au milieu de ses femmes , ses travaux accoutumés.

Les jours passèrent, tristes et lents, au châtel. L'été était dans sa force, la guerre aussi, je pense, quand un messager, apportant des nouvelles du comte, requit en son nom des soldats et de l'argent. Les bourgeois des cités des quatre comtés se réunirent en conseil; ils se plaignirent de l'absence du comte, qui devenait préjudiciable à ses sujets par l'arrogance et les malversations de son sénéchal. Celui-ci ne s'émut guère de ces doléances; il déclara que tout l'argent reçu avait tourné au profit de son souverain, à qui seul il devait rendre compte.

Geneviève imposa silence au fourbe; elle donna aux bourgeois meilleure espérance qu'elle n'avait; elle les assura que leurs plaintes auraient justice, et que, s'ils accordaient la moitié de ce que requérait son époux, elle serait caution que ce secours serait gracieusement agréé.

Les communes se conformèrent à la volonté de leur souveraine. Golo sortit avec la rage dans le cœur; il manda de suite son affront au comte, qu'indigna l'audace des manans ; il défendit à son épouse de se mêler de l'administration, en chargea seul son sénéchal, lui donna toute autorité à cet égard, et renouvela sa demande, non de faibles, de demi, mais de secours entiers, tels que l'exigeait l'état de la guerre, poursuivie à outrance contre les débris des Saxons.

Les bourgeois, convoqués de nouveau, s'étonnèrent de l'absence de leur bonne comtesse. « Où est-elle, notre dame ? dirent-ils tout d'une voix à Golo. — En pélerinage, braves gens, afin de vous donner un gentil maître. — Plût au ciel ! elle est assez dolente de n'avoir un cher enfançon à nous laisser pour seigneur naturel. — Monseigneur vous en aura bonne souvenance, comme aussi des secours qu'il vous somme une seconde fois de lui accorder. — Et le redressement de nos griefs ? — Qu'est-ce à dire, vassaux ? Ignorez-vous que monseigneur a la rougeur au front, le brave sire, de vous voir lui disputer, comme de vils usuriers, les moyens d'accroître la gloire et la prospérité du Brabant ? — La couronne de nos comtes a tou-

jours été puissante et glorieuse ; dit un vieillard du
Hainaut ; n'y touche ni de la main ni de la langue,
crainte de la souiller. — Et toi, vassal arrogant ! souviens-toi que ton maître a besoin de fer, de bras et de
cœur... Il porte le glaive qui vous commande, et,
avec ce glaive, il saura vous forcer à lui donner autre
chose que des excuses hautaines. — Si madame Geneviève était présente... — Qu'importe ? puisque son
époux m'a remis tous ses pouvoirs. Allez donc la chercher au pied des reliques, s'il vous la faut. — N'insulte
pas à sa piété ; tu as trop peu vécu encore pour te rail-
ler du ciel et mépriser l'exemple d'autrui... Attends
que tu aies senti ses coups. — Assez, assez, mes
maîtres ! Je ne sais si vos sermons seront du goût du
comte Hubert, et si votre hardiesse lui donnera foi en
votre loyauté. Il tient à la gloire autant que vous à vos
deniers. — Est-ce lui qui t'a permis de les rogner,
comme un vil marchand juif ? — Il a besoin d'hommes,
et il les prendra, non parmi de tels languards, mais
parmi vos fils, qui trouveront joie et profit à suivre sa

bannière. — Nous porterons nos plaintes à l'empereur, le suzerain du comte Hubert. — Et il vous écoutera, vassaux rebelles contre votre seigneur, lui qui l'a convoqué à cette guerre? — Il écoutera la justice, et rappellera à ton maître que nous sommes les sujets, avant tout, de madame Geneviève. — Toi, vieillard, toi, l'empereur t'écoutera? Il recevrait de meilleur cœur ta tête que ta requête. — Karle a la tête chenue ainsi que moi, » répondit noblement le vieillard.

Cette réponse attéra Golo. Les députés des communes et des cités, reprenant leurs longs bâtons ferrés et leurs manteaux de peaux de loutre, se retirèrent sans tumulte du château. Le soir, chacun d'eux s'en retournait vers son habitation.

Resté seul, le sénéchal repassa tous ses affronts; il fut tenté de faire arrêter le vieillard, puis il craignit la révolte des manans, le retour de son maître, la découverte de ses complots. Il se remit de sa colère : devenu calme, il envisagea sa situation, et, satisfait de la trouver plus favorable peut-être que jamais, il manda cette séance à son maître, prenant soin de rejeter l'outrecuidance des vilains sur des entrevues secrètes de Geneviève et de ses vassaux. Il n'oublia point de signaler leur prétention à ne reconnaître pour seigneur naturel que madame Geneviève.

Le dépit d'Hubert devint de la fureur; il ordonna de confiner sa femme dans son oratoire et d'employer la force pour réduire le mauvais vouloir de ses sujets.

Ses ordres furent accomplis; son sénéchal avait hâte d'obéir. Il y eut des pleurs sous le chaume; l'espérance s'éteignit alors qu'on ne vit plus accourir, comme autrefois, la généreuse comtesse. Les jours de deuil et de misère se passèrent sans consolation... Geneviève avait aussi à gémir, seule, dans son oratoire... On lui donna d'autres femmes pour la servir, et ces femmes ne parlaient jamais aux gens du dehors. Ce fut pitié que de songer à l'infortunée remise en puissance d'un tel fourbe. On murmura, parmi le peuple, d'une pareille autorité. Le peuple connaissait le geolier; il plaignit la prisonnière, et, quand il eut appris que

3

c'était par ordre du mari, et à cause de sa pitié pour les gens des communes, que la pauvre femme était confinée dans la tour; que nul homme ne lui parlait, hors le sénéchal; que lui seul entrait chez elle ou l'accompagnait à de rares promenades sur le donjon, alors le peuple commença de prier pour la prisonnière et l'affligée.

Elle ne recevait plus de nouvelles du comte; aucune réponse à ses lettres ne lui parvenait; elle pensa qu'elles étaient supprimées, et elle n'en écrivit plus. Elle attendit la fin de l'année, pensant qu'elle ramènerait son époux au manoir, et résignée à ne plus sortir, si ce n'est pour respirer quelquefois un air pur sur la plate-forme... Elle y demeurait ordinairement accoudée sur les créneaux, les yeux fixés au nord, comme s'ils avaient eu la puissance de voir Hubert dans le camp des Français. Elle enviait les ailes de l'oiseau qui fuyait vers le Rhin : elle lui mandait ses peines et le chargeait de tous ses vœux pour son époux; elle le suivait long-temps, et, sitôt qu'il disparaissait à l'horizon, elle semblait avoir perdu un ami...

Les paysans étaient repoussés par des gardes loin des fossés.

Jamais on ne surprit des larmes sur son visage ; sa douleur était muette ; elle n'adressait aucune parole à ses nouveaux serviteurs : espoir, confiance, affliction, elle renfermait tout dans son âme... Elle n'avait plus soin de sa parure ; elle avait abandonné sa quenouille de lin... ses traits étaient empreints d'une pieuse résignation... ils souriaient encore aux faibles passereaux à qui sa main jetait quelques graines en pâture... Elle se prenait parfois à effeuiller quelque violier qui fleurissait dans la fente des pierres, souvent à l'embrasure d'un créneau. Elle se comparait volontiers, elle prisonnière et persécutée, en proie à une lutte sourde, prête à tomber dans un malheur inconnu, à ce violier battu des vents, qui l'avaient apporté du vallon, et dont la touffe, penchée sur l'abîme, allait être déracinée au premier orage... Puis un jour, soudain on cessa de l'apercevoir au haut des tours. En vain on y portait les yeux, elle n'y reparut point.

———————

Enfin elle était venue, cette heure fatale, où, ne croyant à aucun obstacle humain, et pensant avoir abattu le corps, flétri l'âme de sa prisonnière, Golo résolut de mettre fin à tous ses complots.

Redoutant le jour non moins que la présence des hommes, il attendit la nuit; il se couvrit de l'ombre, et se réjouit d'avance de l'effroi d'une faible femme. Il se vêtit somptueusement dans le dessein de relever sa fière mais sombre contenance; et toutefois il manqua au pervers un masque pour couvrir le trouble hideux de son visage. Il avait oublié sa dague; par une réflexion subite, il revint sur ses pas la chercher, et il la passa à sa ceinture. Il s'achemina, d'un pas délibéré, vers l'oratoire... Il y trouva deux femmes qui pleuraient, agenouillées, en face du Christ... Sans se signer, sans se découvrir, il leur fit brusquement un geste de se retirer ; elles obéirent , en levant les mains au ciel.

Il est arrivé à la porte du retrait; il écoute :... elle se lamente?... Non , elle achève sa prière du soir... Que dit-elle?... A peine ses lèvres remuent; elle implore le Ciel à la manière des infortunés, comme s'ils ne devaient être entendus que de Dieu seul... Elle se relève... elle s'asseoit au bord de sa couche... elle rêve... Sa pensée, où va-t-elle? Est-ce son époux ou son malheur qui l'occupe?... Enfin la voici qui se prépare au sommeil.

Golo attendit son assoupissement... il ne respirait, bougeait un petit; il fermait les yeux aux rayons d'étoiles qui, glissant à travers les jours du sombre corridor, blanchissaient le mur où se jouaient mille signes bizarres et mille formes capricieuses. Il entendit un long soupir dans le retrait... Alors il frémit et entra.

Sa prisonnière rêvait. On pouvait suivre, aux clartés d'une lampe qui éclairait à demi son visage, les pensées de son rêve... ses mains semblaient levées vers le ciel... on eût dit qu'elles lui présentaient en offrande un objet que ses yeux, quoique fermés, suivaient avec une vive expression de tendresse... Une larme était arrêtée dans ses yeux... Était-ce de reconnaissance ou de douleur?

L'infâme contemplait ce sommeil, et, comme enchanté de son calme, il s'arrêta, craignant trop tôt de le troubler. L'enfer la lui livrait sans défense, sans alarme, telle qu'à son fiancé; si jeune, si belle et si sainte; n'est-ce pas ainsi que doivent dormir les anges? Un mouvement de pitié se glissa même dans son cœur; il eût peut-être reculé, lui, pervers endurci, devant cette puissance invisible qu'une faible créature reçoit de la vertu, de l'infortune et de Dieu Il allait se repentir, si... « Demain, il me faudra brûler du désir de la posséder et me repentir de mes remords de moine. Qu'importe qu'elle s'éveille? elle tremblera devant moi; qu'elle crie? j'étoufferai sa voix. Elle tombera à mes genoux. Eh bien! hésiterai-je quand il me faut un dernier crime? Je ne reculerai pas, puisqu'il me récompense... Oui, le damné souffre des maux plus aigus sous la roue de feu , quand il n'a emporté aux enfers que le souvenir du mal inaccompli ; quand il n'a pas sur ses lèvres , pour les rafraîchir , la dernière goutte de son crime. » Telles étaient les pensées du maudit.

Il bondit... « Geneviève , tu es à moi ! » Elle le repoussa sans l'avoir compris... « Qu'est-il arrivé, Golo ? »

Il ne répondit point.

L'horreur , et non l'abattement , se peignit sur le visage de la comtesse... « La mort avant tes outrages ! s'écria-t-elle. Hubert t'a livré ma vie, et non l'honneur. La mort, Golo ! la mort, au nom du Ciel et du pauvre enfant que je porte dans mon sein ! »

Elle était agenouillée sur son lit... les cheveux épars, serrant un reliquaire d'or sur sa poitrine...

Le misérable avait entendu ; il frémit à cette révélation, et, loin d'être abattu, par une résolution infernale, il s'enhardit à poursuivre l'accomplissement de sa violence ; il y joignit l'insulte. « Il y a long-temps que le comte a su son déshonneur ; aussi le page qui

vous a engrossée est mort, et votre époux, en vous
répudiant, vous livre à la discrétion de son sénéchal.
— Moi ! répudiée ! mon enfant bâtard !... Qui m'a
condamnée ? Montre-moi la bulle du Saint-Père. — Il
n'en est que faire, puisque tu m'appartiens. — A toi !
jamais ! Tes mensonges seront connus de mon époux ;
ton crime te fera pendre à ces créneaux...

—De par Satan ! tu es à moi ! » Et il voulut la saisir.
Elle s'empara de sa dague, elle l'en frappa au front. Il
recula à ses coups et à ses cris... Il l'observa ; il reconnut de l'égarement dans ses yeux. Elle était debout ;
elle jetait sur lui un regard plein de fureur qui étincelait dans l'ombre des rideaux... elle le dominait de
toute sa hauteur, et le menaçait, en bondissant de sa
couche, de l'abattre à ses pieds.

Il se rapprocha et dit : « Ton fils, épouse adultère,
aura un baptême de sang. — Ah ! misérable, cet enfant, que tu veux étouffer dans le sang de sa mère,
est sous la garde du Ciel. —Ce sont vœux de nonne, du
vent contre les rochers ; il a beau enfler sa voix, ils

restent debout. — Ils tombent sous la tempête et écrasent le méchant qui gîtait dessous. — Eh bien ! comtesse Geneviève de Brabant, ce sera à ton orgueil à tomber sous mes coups, à tomber du haut de ces tours où tu régnais. — Le juste, en périssant, entraîne l'impie dans sa ruine. Je t'ai demandé à mourir, et tu n'as pu m'obéir ; tu es encore sous la main de Dieu. Tu peux m'arracher la vie, mais l'honneur, mais les regrets de mes vassaux et ceux d'Hubert trahi par toi, mais la pitié des hommes et du Ciel, tu ne peux pas me les ravir. Insensé ! tu t'es vendu au démon, et tu te crois puissant, parce que tu es vassal de Satan... Laisse-moi sortir de ma prison ; accuse-moi d'adultère devant mes Brabançons ; ose accuser, toi, Amaury Golo, Geneviève, la comtesse de Brabant... un cri d'horreur s'élève contre toi, et tu es livré au bourreau, si je ne te fais grâce.

— Eh bien ! tu sortiras, Geneviève ! Nous verrons ce que ton Dieu fera pour toi. » Et il s'éloigna en lui jetant de sinistres regards.

Geneviève, demeurée seule, écouta le bruit de ses pas;... quand il eut cessé, elle joignit les mains et dit avec pleurs : « Hubert, Hubert, qu'avez-vous fait pour que ce misérable traite ainsi votre épouse? » Elle se tut, car elle entendit dans le corridor la démarche lourde et régulière d'une sentinelle. Depuis ce jour, un esclave sarrasin remplaça tous ses serviteurs; il lui apportait sa nourriture, et la goûtait en présence de la prisonnière, afin de la rassurer contre l'empoison-nement.

Elle restait dans une douloureuse anxiété sur son avenir; serait-il plus favorable ou désastreux? Son mari était-il revenu contre les calomnies de Golo? Ce-lui-ci était-il toujours puissant ou tombé en disgrâce? Ces questions la tourmentaient, et toutefois il fallut se résigner à attendre. Elle n'attendit pas long-temps.

Le sénéchal avait reçu de son maître, d'après un message secret qu'il lui avait récemment envoyé, des ordres tels qu'il pouvait les désirer. Il songea à les mettre à exécution. Il commença d'abord par s'assurer

de deux complices : un vieil écuyer, autrefois bourrel à Liége, et un braconnier, encore jeune, qu'il tira
des basses-fosses du château. Il les instruisit de sa volonté ; ils reçurent le denier du sang, et promirent de
s'acquitter de leur mission.

Suivi d'eux, il reparut, pour la première et dernière
fois, devant Geneviève... La présence des deux inconnus la rassura. On lui commanda de s'habiller, et elle
le fit. Elle passa sous ses rideaux ; elle revêtit de gros-
siers habits de voyage ; elle prit son reliquaire et cacha
la dague dans son gorgias, non dans la résolution de
sauver sa vie, mais l'honneur.

Cela fait, elle dit de voix émue : « Je suis prête. »
A son aspect, les deux inconnus se découvrirent in-
volontairement.

« Vous allez suivre ces hommes. — Ton ordre,
vassal ! N'oublie pas que je suis ta souveraine.—Voici
l'annel du comte Hubert, qui m'a remis plein pouvoir
sur votre personne, qu'il condamne à une prison
perpétuelle au monastère de femmes le plus voisin. »

Elle regarda fixement Golo; la pâleur couvrait son
front; mais il était maître de lui, de ses sens et de son
secret... Il parlait sans haine et sans pitié, comme le
juge qui condamne à mort. Elle frémit du calme de son
persécuteur et de l'abandon affreux où la délaissait son
époux... Mourir n'était que la fin de ses souffrances ;
mais mourir de sa main, c'était recevoir deux fois le
coup fatal. Une sueur froide la saisit; un nuage passa
sur ses yeux ; elle tomba sur les dalles de sa prison.
Ainsi frémirent les anges rebelles, mais faibles et sé-
duits, que Dieu livrait au pouvoir du monarque infernal.

Golo avait hâte d'éloigner sa victime; il soupçonnait
de la pitié jusque dans le cœur de ses complices; il
ordonna à ces derniers de la charger sur leurs bras.
Le braconnier obéit le premier. L'écuyer, tenant un
flambeau de résine, passa devant pour éclairer l'esca-
lier. Les marches retentirent du bruit de leurs glaives.
Le sénéchal leur ouvrit une poterne secrète qui don-
nait sur un bois voisin Avant de quitter ses merce-

naires, il prit le bras du vieux et lui dit : « Souvenez-
vous... ne la faites point souffrir... Méfiez-vous de
votre jeune compagnon... Vous me rapporterez un
gage d'exécution... son annel trempé dans son sang ,
par exemple... Une autre somme récompensera ta
rapidité. »

L'ancien tourmenteur fut flatté de la confiance du
sénéchal. « Oh! fiez-vous à moi; jamais regard, si
beau qu'il soit, ne me fera manquer de coup d'œil à
frapper... Faire souffrir! ne craignez rien, messire...
je ne suis si vieil que j'aie perdu toute mon ancienne
dextérité... Jamais ils n'ont eu à se plaindre... —C'est
assez... dit avec dégoût et hauteur le sénéchal... Je
veux que ce soit vous qui frappiez, et non ce hardi
gars à l'œil brillant de luxure. »

Geneviève avait repris connaissance en respirant un
air plus vif; elle se trouva au milieu de ses deux con-
ducteurs; elle pouvait marcher. Alors Golo : « Madame, je vous ai promis que vous sortiriez bientôt;
ne me remerciez point d'avoir tenu parole. Braconnier,

un avis : il ne manque point de branches à ces arbres
pour y pendre ceux qui manqueraient au respect
que vous devez à la comtesse, quoiqu'elle soit votre
prisonnière. Et vous, vieux, souvenez-vous ! »
L'écuyer secoua la tête en signe d'assentiment.

Les trois hommes se séparèrent... le chef rentra au
château ; ses complices retournèrent souvent la tête
en arrière pour l'apercevoir : il disparut sous la poterne. Le soleil était levé : le bois retentissait de
toutes sortes de bruits ; les feuilles tombaient déjà
sous un vent d'automne... une légère brume, qui rasait
les vallées comme une plume d'oiseau, cacha bientôt
le manoir à leurs yeux.

Geneviève s'arrêta. « Où me conduisez-vous ? est-ce
au cloître ? est-ce à la mort ? Répondez. » Le vieux répondit : « Là où votre mari veut que vous alliez. Marchons. »

Ils cheminèrent de nouveau par des landes de
bruyères ; la comtesse allait devant eux. On entra
bientôt dans une forêt qui paraissait immense à cause

de la hauteur des arbres et du sombre dôme de verdure qu'ils balançaient dans les airs ; leur feuillage touffu repoussait les rayons du soleil. Elle crut reconnaître les lieux où elle avait sauvé la vie à la biche, et cette pensée adoucit pour elle un moment l'horreur de sa situation. Qui allait crier merci pour elle, hors Dieu?

Ses pieds endoloris refusèrent de la porter plus loin ; elle s'assit au bord du chemin , sur un bloc de pierre détaché de ces autels où les druides égorgeaient des victimes humaines.

« Marchez, marchez, madame! cria l'écuyer; nous sommes encore loin du gîte... — Loin?... Non, non. C'est mal à vous de me tromper, vieillard. Je ne suis pas loin de mon pélerinage. —Quoi ! vous l'auriez entendu? —Non, Dieu a entendu et Dieu sait. — Eh bien! avancez plus loin ; ça ne peut pas s'accomplir au bord de ce sentier... On pourrait nous prendre pour des brigands, et nous risquerions de laisser nos corps aux chênes voisins.

— Donnez-moi le bras, si vous voulez que je vous

suive. » Le braconnier repoussa son complice, prit le
bras de la pauvre comtesse, et s'aventura dans un
autre sentier plus sauvage, fréquenté du gibier seulement. Ils s'enfoncèrent toujours plus vers le midi.
Les arbres penchaient leurs branches jusqu'à terre et
entrelaçaient leurs cimes; des oiseaux faisaient entendre de faibles cris dans leurs nids de mousse, ou
s'envolaient à l'approche des hommes.

Elle ne sentait plus de fatigue, mais une soif brû-
lante la dévorait; ses gardes s'arrêtèrent pour la laisser
se désaltérer à une source : eux-mêmes burent de
son eau. Et, tandis qu'ils faisaient ainsi, ils enten-
dirent, au travers de murmurantes clairières, mourir
les sons languissans d'un cor inconnu. Ils avancèrent
précipitamment une centaine de pas plus loin, et
l'écuyer, frappant la terre de son glaive, dit : « C'est
ici !

— Ici? on peut y creuser une fosse, mais je ne vois
ni cloître ni prison. — C'est que le sénéchal préfère
une tombe à un cloître et à une prison : chacun a ses

idées là-dessus. — Mais c'est ta souveraine, malheureux, que tu veux immoler ! — Je vous connais bien ;
quand j'étais tourmenteur à Liége, vous m'avez ravi
assez de besogne ; vous graciiez tout le monde. Aujour-
d'hui, par la croix de Mahom ! rien ne m'arrêtera.
Allons ! — Non, je ne te tendrai pas la gorge... — Vous
craignez de souffrir ? vous me croyez donc bien mal-
adroit ? Laissez-moi vous bander les yeux. — Non,
mécréant, je veux voir le Ciel, je veux prier Dieu encore une fois devant ce reliquaire. — Octroyez-le moi,
je vous donnerai la sépulture. — Tais-toi, tais-toi,
homme de sang ; tu pourras l'arracher tout à l'heure
de mes mains mourantes. »

Elle pria un moment ; puis, inspirée de Dieu : « Au
nom de celui qui mourut pour nous ; au nom d'un
fils, si tu lui as jamais souri ; au nom de ta mère, si tu
espères encore la revoir, laisse-moi périr dans ces déserts, et ne me donne point deux fois la mort ; car tu
vois que je porte un fils du comte Hubert. » Les traits
du scélérat se rembrunirent... « Ce que vous dites est

4

impossible... Il n'y a plus d'espoir dans les hommes,
point de pitié chez moi. A genoux! et ne repoussez
pas ce bandeau. » Il leva son glaive.

« Sauvez-moi ou tuez-moi! » s'écria Geneviève en se
renversant aux pieds du braconnier, jusqu'alors muet
témoin de cette longue agonie.

La pitié s'ouvrit dans le cœur de cet homme; il fut
touché de cet appel à sa protection; il pâlit à ce cri
déchirant de détresse. Il avait sur ses mains le sang
des gardes qu'il avait tués, mais il frémit de les couvrir de celui d'une femme pour laquelle, dans son
enfance, il avait coutume de prier. Il se souvint d'a-
voir vu une pareille terreur sur les traits de son amante,
au retour de ses nocturnes entreprises. C'était sa souveraine; elle avait autrefois sauvé la vie à plusieurs
braconniers; et, pour reconnaître le bienfait accordé
à ses compagnons de péril, il allait la massacrer! Il
eut horreur de sa mission, il refusa sa part du crime.
« Dieu me rappelle à lui, pensait-il, en m'inspirant sa
miséricorde. »

Il releva Geneviève, l'assit au pied d'un vieux châ-
taignier ; puis, se plaçant en face de son complice :
« Allons, vieux , il faut lui faire grâce, et l'abandon-
ner à son sort. —Tu as peur, lâche ? Tu ne sais tuer
que du gibier ? Tu trembles devant cette biche, à
demi morte déjà ? Va-t'en ; je n'ai pas besoin d'aide ; je
veux gagner mon salaire ; car Golo n'aime pas la besogne à moitié faite. — N'y touche pas, sous peine de
jouer du couteau avec moi. Si Dieu veut qu'elle pé-
risse, laisse faire ta besogne aux loups. —Tu as donc
un cœur bien douillet ou bien scrupuleux de pâlir
ainsi au cri d'une femme ? Dieu n'a rien à faire ici ,
*puisque nous y sommes*... Pourtant, sais-tu qu'il y a encore de l'argent à recevoir ?

    — Tu le prendras pour ton compte, et tu régleras
le tout avec Satan , ton trésorier. — Je m'en charge
gaiement. Il me manque seulement quelque chose
pour recevoir ; il me faut l'anneau de cette femme. —
Eh bien ! je vais le lui demander. » Il s'approcha de
Geneviève, et lui dit : « Golo a demandé une preuve

de votre mort; donnez-moi votre anneau. » Elle lui
tendit la main en silence ; il prit l'anneau et le remit à
son compagnon. « A cette heure, es-tu content, vieux
loup? — Et du sang?... Il me faut le tremper dans le
sang. — Encore ! Un ancien tourmenteur comme toi
ne sera pas embarrassé pour si peu de chose : le premier daim... le moindre lièvre... à moins que ton Golo
ne flaire et ne sache distinguer quel sang tache l'anneau. — Il est homme à s'y connaître. — Alors ouvre-
toi une veine. — Moi! tandis qu'il y a là une créature
qui se trouvera trop heureuse. — Arrête! sinon ton
sang fournira ce que tu demandes. Tiens! lâche,
qui crains une piqûre d'aiguille, prends du mien ; Golo
le reconnaîtra pour autre chose que la vile liqueur
rouge qui coule dans ses membres. Et maintenant
marchons. »

L'écuyer obéit. Après quelques pas, le braconnier
revint à Geneviève plongée dans une sorte de stupeur. « Quand j'aurai tourné ce gros chêne, à droite,
fuyez sur la gauche, et enfoncez-vous davantage dans

les bois. Si jamais vous redevenez puissante, souvenez-vous du braconnier, en faisant grâce à ses compagnons de périls. — Tiens, ami, prends ce reliquaire ;
qu'il t'inspire une vie honorable, et tu seras béni de
Dieu et de Geneviève. » Après avoir baisé le reliquaire en signe d'assentiment, il repartit joindre l'é-
cuyer, qui supputait déjà l'argent à recevoir. Bientôt
le bruit de leurs pas cessa dans la forêt.

Le courage qui l'avait soutenue abandonna Geneviève subitement ; sa raison sembla s'égarer ; elle plaça
ses mains devant ses yeux, comme pour chasser un
rêve douloureux. « Grâce ! murmurait sa mourante
voix... C'est ici... Éloigne-toi, bourrel ! Seigneur ! il
va frapper... Mon reliquaire ne peut me défendre !... »
Puis, après un affreux silence, elle ouvrit ses yeux.
« Ils ne sont plus là ?... C'est le jeune ; il a eu pitié de
moi, de mon sein. Prions pour lui et pour moi. » Cet
acte de pieuse reconnaissance accompli, ayant repris
sa raison, elle suivit la route que lui avait indiquée le
braconnier. Elle vit le soleil prêt à tourner sur l'ho-

rizon ; alors, cessant de fuir, elle ne songea qu'à recueillir quelques fruits et à trouver un abri. Elle
sentait la fièvre embraser son sang. Elle mangea des
fraises, quelque peu de miel oublié de l'abeille dans
un creux d'orme, des mûres sauvages. A peine
avait-elle porté ces fruits à sa bouche, qu'elle entendît
remuer sous les feuilles ; de frayeur elle se remit à
fuir, et dans sa fuite, ayant rencontré une grotte dont
mille plantes pendantes cachaient l'entrée, elle s'y
réfugia. Là, blottie dans le coin le plus obscur, elle
ferma les yeux, comme s'ils eussent eu la puissance
d'attirer le danger ou de l'apercevoir dans l'éloignement. Un long silence, après une pénible attente, la
rassura. Désormais elle avait de quoi abriter sa tête ;
si elle accouchait, elle trouverait un berceau dans la
mousse qui abondait près de là ; elle-même aurait une
couche sur la fougère... Mais comment vivre? Si la
nourriture lui manquait, qu'allait devenir son premier-
né? Son lait ne tarirait-il pas ? Ses angoisses rena-
quirent. Voir naître ce cher petit, le voir pousser

comme un lis éclos d'un rayon du jour, sourire un
instant au Ciel et à sa mère, puis pencher la tête, fer-
mer les yeux, et mourir sur le sein qui n'aura pu l'allaiter!...

L'infortunée se tordait les mains de désespoir ;
l'horreur de l'avenir devint si terrible, qu'elle souhaita
périr avant de délivrer le fruit de ses entrailles, et
qu'elle regretta le fer des assassins. Un abattement
profond succéda au désespoir qui l'avait produit; le
sommeil parut effleurer ses paupières : elle se fût as-
soupie peut-être, si des souffrances inconnues n'a-
vaient tout-à-coup pressé ses entrailles. O joie et terreur ! elle reconnut qu'elle allait être mère ! Les
souffrances devinrent atroces ; d'épuisement elle
laissa tomber sa tête, et, poussant un long cri, elle
s'évanouit.

En rouvrant les yeux, elle vit à ses côtés, sur la
mousse, son nouveau-né, dont les vagissemens, pareils
à ceux du passereau, demandaient le sein. La bouche
de l'homme sait exprimer la douleur, parce qu'elle

semble sa nature ; mais pourrait-elle jamais redire la
voluptueuse, la divine douceur que ressent l'âme
d'une mère au premier cri de celui qui est déjà un
enfant sur la terre et encore un ange aux cieux ?

Au sortir de ses longues faiblesses, Geneviève prit
son enfant ; elle le couvrit de baisers ; puis, l'élevant
à Dieu entre ses mains tremblantes, elle le plaça sous
sa protection : elle s'était souvenue de son rêve. A
l'heure où le soleil, prêt à disparaître de l'horizon, ne
dore plus que la cime des forêts, le silence fut troublé
aux abords de la grotte ; on eût dit des chasseurs qui
brisaient, sur leur passage, les faibles tiges des buis-
sons... Il cessa... ensuite il devint plus distinct. Geneviève entendit. O pauvre cœur d'une mère ! qui dira tes
tourmens ? L'effroi tarit son lait : en vain l'enfant
pressait le sein, la vie ne venait plus. Il poussa des cris.
Elle colla sa bouche sur la sienne pour les étouffer.
« Si Dieu t'écoute, pauvre angelot, nous serons sauvés ; mais si ce sont les hommes ? Hélas ! je ne puis

ni te nourrir ni te défendre. » A la voir blottie dans
son coin, enfoncée dans l'obscurité, le corps en deux
pour moins tenir d'espace, son petiot pressé sur son
sein comme si elle eût tenté de l'y faire rentrer, sa
tète échevelée baissée sur lui, son oreille ouverte au
bruit et à la terreur, son regard oblique et sauvage,
tant il brillait de dévouement! pas un souffle, pas une
pensée; une ombre dans l'ombre, ou plutôt toute sa
vie dans une pensée unique, sauf ce regard sublime
qui semblait voir et entendre glisser le moindre insecte
sous l'herbe; qui ne se serait rappelé ces scènes d'Hé-
rode, où Sion vit périr en un seul jour toute sa jeune
postérité?

Pendant cet instant terrible, ses organes augmen-
tèrent de puissance, tandis que sa raison s'égarait.

Un gémissement s'éleva près d'elle... elle bondit.
C'était un faon qu'avait abandonné sa mère, et qui
s'était traîné dans la grotte. Elle respira. Elle ne respira plus... le bruit au dehors s'était encore rapproché.
Alors elle s'inspira de son désespoir; après une longue

étreinte convulsive, elle déposa son fils près du faon ;
elle le recouvrit de sa mante, elle le regarda encore
une fois ; ensuite elle s'élança hors de son refuge.
Croyant à la présence des hommes, elle fit du bruit
en marchant, afin de les attirer sur ses traces. Elle
se dérobait à la faveur des branchages ; elle voulait
éloigner de son petit le danger avant de périr
elle-même. Arrivée sous une haute futaie, elle se
pencha à terre pour écouter... ne recueillant aucun
murmure, elle reprit le sentier qu'elle s'était frayé :
elle s'arrêta ; les rapides battemens de son cœur ré-
sonnaient seuls à son oreille...

Elle résolut de revenir ; elle employait alors toutes ses
précautions pour ne pas être découverte ; elle rampait
plus qu'elle ne marchait ; elle fit quelques détours,
relevant derrière elle les hautes herbes foulées, ou
soulevant à demi son corps pour regarder. Au bout
d'un long espace, elle se retrouva devant la grotte. Elle
s'y élança avec la même rapidité qu'elle venait d'en
fuir.

Quelle fut sa surprise, et comme la vie remonta à
son cœur presque éteint, quand elle reconnut qu'une
biche, cause de toutes ses terreurs, allaitait à la fois
et son fils et son propre faon! Un rayon de lune, malgré le rideau verdoyant qui célait l'issue de la roche,
découvrit à cette pauvre mère la biche au blanc poitrail. Une sainte résignation aux maux qui pouvaient
lui être réservés, autant qu'un ferme espoir dans les
voies de la Providence, imprima désormais un nouveau caractère à toutes ses actions; elle bénit la main
qui l'éprouvait, et s'endormit près de la biche, ayant
son fils sur son sein.

La voix des colombes, ses voisines, l'éveilla au
lever de l'aube. Elle enveloppa son enfant dans une
mante grossière, dont elle se dépouilla, et, le donnant
à allaiter à la biche, elle résolut de sortir pour avoir
des provisions.

Sur la lisière d'une chênaie, elle ramassa les dernières fraises de l'année, des mûres tardives : ce n'était
que la nourriture d'un jour. Elle songea à l'avenir...

elle avança dans la forêt... Avec leurs dernières feuilles
tombaient déjà quelques châtaignes; les arbres en
promettaient une abondante moisson. Il y avait
quelques semaines à attendre pour qu'elles eussent
toute leur maturité; mais les fraises et les mûres, des
racines même d'une saveur nourrissante, une sorte
de figue sauvage, plus rarement des rayons de miel,
des coloquintes, dont l'enveloppe servait à son gré de
vase pour puiser et pour conserver l'eau, suffirent à
ses besoins du moment.

Une source coulait plus bas que la roche; elle en
tira du sable avec lequel elle garnit le sol de son habitation; elle joncha le dessus d'une grande quan-
tité de feuilles sèches, que lui fournirent les chênes
et les marronniers. Elle roula quelques pierres de diverses dimensions, qui lui servirent de table et de
siége. Au fond, elle remarqua une sorte de retrait
régulier formé par l'angle du rocher; elle le des-
tina à serrer ses provisions d'hiver. Elle acheva le
reste du jour à faire un collier avec les baies rouges

d'un églantier ; ensuite elle le mit au cou de son enfant.

C'est ainsi qu'elle passa quelque temps en compagnie de son nouveau-né, du faon, qui ne pouvait encore se lever, et de leur nourrice. La chaleur naturelle de celle-ci lui fut utile pour réchauffer son enfant, qu'elle couchait dans la crèche, comme Jésus-Christ l'avait été à Bethléem. Peut-être Geneviève avait-elle moins à craindre dans ses bois que la Vierge parmi les hommes. Sa solitude devenait un rempart contre d'autres infortunes.

Enfin les vents d'automne grondèrent ; les châtaigniers laissèrent tomber leurs fruits ; la fugitive en entassa le plus qu'elle put dans sa serre ; seulement, avant de les entasser, elle se trouva fort embarrassée de les recueillir ; leur écorce piquante avait besoin d'être dépouillée. Il lui fallut songer à avoir du feu. Elle se souvint d'avoir vu des chasseurs en allumer au carrefour des bois, au moyen d'étincelles qu'ils faisaient jaillir de deux cailloux sur de la mousse ou des feuilles

sèches. Elle les imita. Elle plaça quelques gousses sous
la cendre ; après qu'elles eurent cuit, elle en goûta et
les trouva bonnes.

Elle se servit aussi du feu pour faire cuire souvent
des sortes de pains formés de la pâte de ces châtaignes ,
elle apporta alors des ramées de bois mort... Elle le
plaça presque à l'entrée de la roche, et comme en guise
de barricade contre les pluies et le froid qui ne tar-
dèrent pas à régner.

Elle sortit peu... Une seule fois la rigueur de la saison avait amené des neiges ; la rafale les avait amon-
celées de manière à ôter le jour à son habitation. Elle
parvint, avec du feu , à fondre ces neiges. Alors elle
put, à l'aide d'une forte branche, se frayer un sentier,
en rejetant l'obstacle à droite et à gauche. Elle arriva
ainsi, en tournant, au sommet de sa grotte, qui semblait un point noir au milieu de l'uniforme blancheur
des environs.

Elle entendit un bruit formidable, que tous les échos
d'alentour répétèrent... des ombres remuaient dans

l'éloignement. Elle se coucha dans la neige ; elle
avait mis son espoir dans le Ciel ; elle osa attendre pour
reconnaître s'il y avait du danger. Mais la nature ,
plus puissante , reprit tous ses droits, quand elle eut
aperçu un uroch (bœuf sauvage) pourchassé des loups.
Elle frémit de le voir se diriger vers la grotte , parce
que le monstre apercevait de ce côté une haute futaie,
où il espérait , en s'acculant, éventrer ses ennemis. Il
courait... ses bonds impétueux, ses longs mugissemens
faisaient retentir ces solitudes , ordinairement silen-
cieuses ; ses adversaires, plus agiles, acharnés sur
leur proie, entravaient sa course par leurs nombreuses
morsures. Le fier animal avait beau les lancer à droite
et à gauche par intervalle ; ils l'obligèrent à ralentir
sa course. Il restait alors la tête baissée entre ses
jambes, ses cornes ensanglantées par d'affreux lambeaux, sa queue hérissée de longs poils , atteignant
avec la force d'un fléau. Il put enfin entrer sous la
futaie ; là sa rage faisait voler, à travers une poussière
de neige rougie , les membres déchirés des loups. On

voyait leurs compagnons, plus éloignés , accourir avec de sinistres hurlemens, et les combattans leur répondre par des cris plus sinistres encore.

Le roi des forêts du Nord tomba... Bientôt Geneviève aperçut les loups vainqueurs se disperser çà et là, chacun avec son morceau de proie. Un d'eux courut à la source , plus rassasié que ses compagnons , ou peut-être parce qu'il avait senti le voisinage d'une créature humaine. Elle n'eut que le temps de rentrer. Il se désaltéra , puis remonta l'eau en flairant des traces. Il vint aussi à la grotte , où, le voyant alonger sa tête hideuse dans l'intérieur, la biche souffla de terreur ; toutefois ni le faon ni le nouveau-né ne quittèrent ses mamelles... Alors Geneviève se jeta au devant et agita ses bras , afin d'éloigner le monstre. Vain espoir ! son œil étincelait de férocité à l'aspect d'une pareille proie : sa gueule béante , et dont les dents s'entre-choquaient, semblait déjà la broyer. Dans son dévouement, Geneviève va s'offrir la première à sa fureur, qu'elle n'apaisera pas, quand, inspirée par son désespoir, elle saisit un tison enflammé, le porte à la gueule du monstre, et le monstre a fui en hurlant de douleur.

Depuis ce jour elle n'eut plus à craindre. Elle entendit bien quelquefois des hurlemens retentir dans les nuits d'orage; mais c'était au loin, et jamais aucune bête féroce ne revint l'effrayer. Il est vrai qu'elle s'écartait peu; elle prit soin même d'entretenir, tout cet hiver, un feu de nuit, quoique elle eût à souffrir la fumée que le vent chassait dans la grotte.

Le printemps parut; à son aspect les forêts s'ébranlent et secouent leur chevelure de neige; leurs innombrables rameaux se couvrent d'un rouge vert; encore une haleine de chaleur, encore un rayon de ce soleil vivifiant, et la feuille va tout couvrir... L'hirondelle arrivait, le rossignol chanta... il célébrait la vie si douce au printemps, si douce sous l'ombre nouvelle. Le vent souffla du midi, et plus tiède apporta le soir, au fond de la grotte, la senteur des violettes fraîchement écloses.

5

Le faon pouvait marcher ; il suivit sa mère dans les bois. Geneviève demeura sous le rocher ; son fils aussi avait grandi ; il ressemblait à l'églantier sauvage, dont les frimas ont laissé monter la tige et fleurir le bouton. Pauvre mère ! comme elle sourit aux gentilles manières du tendre enfançon ! Elle lui noue au cou des chapelets tantôt de violettes, tantôt de primevères. Pourquoi vient-elle de pleurer?... Elle a reconnu dans ses traits charmans tous ceux de son père... « Oh ! si le cruel pouvait le voir ! si elle pouvait le mettre à ses pieds !... Un jour viendra où peut-être le fils du comte Hubert ira lui dire son nom , sa naissance, ses misères... Hubert, Hubert, tout le mal que vous m'avez fait vous sera pardonné. Hélas ! accueillez-le , faites-lui merci. Sa mère ne sera plus. O Dieu ! le reverrai-je ? Oh ! non. Il me croirait coupable ; il ne regarderait plus mon enfant. C'est lui qui lui portera mon pardon , mes vœux... Il me faut vivre encore, afin qu'il puisse remplir ma dernière espérance. »

En lui donnant la vie, elle l'avait consacré à Dieu.
Elle songea dès-lors à remplir son vœu. Prenant le
nouveau-né dans ses bras, elle se rendit à la source;
elle le déposa sur des primevères dont l'abeille er-
rante butinait les fleurs. Elle prit de l'eau dans le
creux de sa main; puis, penchée sur lui comme pour
lui sourire, elle la répandit sur le front nu du nouveau-né; cela fait, elle prononça ces pieuses paroles :

« Au nom de la sainte Trinité, fils de Geneviève et
d'Hubert, soyez chrétien. Et toi, Seigneur, protége
son enfance; souviens-toi de Moïse sauvé des eaux :
c'est un autre Ismaël abandonné des siens, et qu'Agar
craindrait de voir périr dans ces déserts. Défends sa
faiblesse encore plus contre la méchanceté des hommes
que contre la fureur des loups. Ta main prit autrefois
Joseph vendu par ses frères; elle le sauva des liens de
la mort, elle le délivra de ceux de la captivité, afin de
le placer auprès des Pharaons. Fais donc que cet enfant
retourne auprès de son père; qu'il rentre dans le palais
où il aurait dû naître; qu'il soit doux de cœur et pro-

pice à l'orphelin ; surtout qu'il se rappelle d'avoir été
nourri de ta main sous le rocher, parmi les hôtes des
bois.

En mémoire de ce baptême, elle planta un chèvrefeuille, dont les boutons allaient éclore, sur le flanc
du rocher ; elle eut soin d'entrelacer ses flexibles
branches en forme de croix, donnant ainsi à son asile
l'aspect des ermitages, alors si communs dans les forêts
de la Gaule septentrionale. Avec le poignard qu'elle
avait toujours conservé, elle entailla l'écorce d'un
bouleau voisin ; ces entailles lui servirent à marquer
son arrivée dans ces solitudes et l'époque du baptême
de son fils.

L'été venu, ses provisions allaient s'épuiser ; les fruits
qu'elle aurait à recueillir étaient moins nourrissans que
les châtaignes ; elle avisa aux moyens de se procurer
d'autres alimens. Avec des lacets façonnés de jonc
ou de plantes traînantes, elle tendit des piéges aux
faibles hôtes du voisinage; des lièvres, des volatiles
s'y prirent, et leur chair, rôtie sur le feu, rendit

plus de force à la constitution déjà altérée de Geneviève.

Ses hardes menaçaient de tomber en lambeaux ; il
lui fallait aussi des vêtemens pour son fils lorsque les
froids arriveraient. Elle rechercha les terriers ; elle
guetta la rentrée du gibier, et l'enfuma dans sa retraite.
Elle osa plonger un bras hardi dans ces trous informes
pour en arracher sa proie. C'est ainsi que de la dépouille des renards et d'autres animaux à toison elle
se forma des vêtemens chauds ; la fourrure de l'hermine
enveloppa son fils ; elle garda quelques vêtemens de
son premier état, elle y joignit de ses cheveux, et
serra le tout par souvenir du passé, par espoir de temps
peut-être meilleurs.

Quand elle était revenue de baptiser son fils à
la source, un essaim d'abeilles l'avait suivie, parce
qu'elle portait dans son habitation des fleurs cueillies
le long du sentier. Cet essaim se fixa dans un creux
d'orme tombé durant le dernier hiver ; le nombre des
abeilles s'accrut au point que Geneviève éleva quelques

ruches grossières avec des tiges de folle-avoine re-
cueillies parmi les clairières. Les bruyères voisines
alimentèrent ces ruches. Elle eut soin de les cacher,
soit au regard des chasseurs, soit à la vue des bêtes,
en les entourant d'une espèce de palis fortifié par les
nombreux rejetons du chèvrefeuille, du troëne et de
la prunelle.

Après avoir fait toutes ses provisions, elle attendit
la saison rigoureuse. Elle ne sortit plus de sa grotte
aux premières gelées.

Il y avait déjà plus d'une année qu'elle habitait
loin des hommes, qu'elle n'éprouvait aucun regret
de sa fortune passée; une seule pensée remplissait
son âme, ses veilles, ses prières : vivre. Car, si elle
venait à mourir, le pauvret ne tarderait guère à suc-
comber. Plongée dans sa rêverie, elle laissait ses
idées s'égarer dans leur cours; elle rêvait d'Hubert,
de leur fils; elle oubliait son existence pour retrouver
ainsi des espérances plus douces dans l'avenir, quand
l'enfant se mit à s'agiter sur sa couche : « Mère! » bé-

gayait-il... D'effroi elle porta les yeux de tous côtés,
comme si une voix inconnue l'avait appelée du
dehors.

« Mère ! » répéta l'enfant qui lui tendait les bras.

Elle se pencha sur lui, elle le couvrit de ses pleurs ;
elle bénit cette voix humaine qui la nommait si ten-
drement, et qui lui annonçait qu'elle aurait désormais une créature qui répondrait à sa joie comme à
sa douleur.

———

Or, pendant ce temps, qu'était-il arrivé au manoir
du comte ?

Golo attendit avec impatience le retour des meur-
triers. Un seul reparut à la nuit ; c'était le vieil écuyer,
qui, à demi ivre, lui présenta, outre l'annel, le glaive
de son complice, dont il prétendait s'être débarrassé à
cause de sa lâcheté. « Double besogne ne mérite-t-elle
point double salaire ? disait l'ancien tourmenteur en
entrant dans un sombre corridor. — Je ne te le refuse

point. Viens le recevoir; désormais tu resteras à mon
service. » A peine ces mots furent-ils prononcés, à
peine le meurtrier eut-il fait un pas, qu'une trappe
s'ouvrit, et qu'il descendit, dans une ombre plus ef-
frayante que la mort qui l'attendait, aux oubliettes.
Il poussa un long cri, que la trappe, déjà baissée, lui
renvoya avec les lueurs incertaines du flambeau,
que laissaient passer les ais mal joints. Penché sur
cette trappe et sa nouvelle victime, Golo écouta...
l'abîme était si profond qu'il n'entendit rien d'abord...
Il prêta l'oreille avec plus d'attention; il osa rouvrir
à demi la trappe; un faible gémissement de douleur
montait jusqu'à lui... Un sourire hideux s'échappa de
ses lèvres... Il poussa du pied la planché qui retomba,
et tout fut fini.

Golo n'avait pas cru au récit de l'écuyer; il pensait
bien que Geneviève était morte, mais que le jeune
gars eût été tué par son compagnon, c'était une chose
à laquelle il n'ajoutait point foi. Il s'imagina que le
braconnier avait fui, jetant son glaive dans un fossé,

content d'échapper à la potence, et peu soucieux de devoir sa liberté à un crime. Il ne s'inquiéta guère de ce qu'il deviendrait, assuré qu'il se voyait de la fin de sa maîtresse. Il ne réfléchit qu'un instant au sort du braconnier, et, sans grand délai, il parut avoir mis terme à toutes ses inquiétudes de ce côté.

Le retour prochain d'Hubert lui inspirait plus de craintes sérieuses. Que dire à cet homme froissé dans son orgueil, sa puissance, son honneur ; à qui manqueraient tous les soins domestiques, dont les jours seraient si tristes, la vie si affreuse dans l'isolement ? Il revint, ce comte si redouté. Golo s'effrayait d'avance de leur entrevue. Dès qu'il l'eut aperçu, son maître lui fit pitié. Elle eut lieu au bas de ce perron où Geneviève avait dit à son époux un si fatal adieu. Nulle femme ne parut, ne tint l'étrier au comte quand il descendit de cheval. De loin, au sommet des tours, il n'avait reconnu que la sentinelle... une douce créature n'agitait pas son écharpe blanche en signe de bienvenue.

Hubert entra sans adresser ni salut ni parole à ses vassaux ; il repoussa rudement les caresses de ses lévriers favoris. On servit ; il essaya de goûter à tout, et tout lui répugna. Un *minstrel* tira quelques accords de son instrument ; son maître parut l'écouter avec plaisir tant que de mâles accords flattèrent son orgueil ; dès qu'ils vinrent, par un malheureux hasard, à célébrer l'amour d'une compagne pour un guerrier célèbre, l'instrument fut brisé et le chanteur chassé de la salle.

Le comte, à veiller si long-temps, semblait redouter la nuit et vouloir l'abréger. Au dernier grain du sablier, il se leva, marchant d'un pas trop rapide pour être ferme vers son retrait. Son sommeil dut être pénible, ses rêves sinistres ; car au matin son visage portait l'empreinte d'un abattement plus profond.

En passant devant l'ancien retrait de Geneviève, il frémit, et, d'une voix pleine de trouble, ordonna que la porte en fût murée à l'instant.

Cet ordre fut intimé à Golo, sans qu'ils se fussent

encore parlé. Hubert s'apercevait bien que le sénéchal avait à lui rendre compte de ses actes ; mais , comme parmi ces actes se trouvait l'ordre fatal exécuté contre Geneviève , il redoutait d'en entendre le récit. Par aversion , il paraissait prendre à tâche de l'éloigner, tandis que , par une douloureuse curiosité , il se sentait un violent désir d'interroger le sénéchal.

Golo le suivait à peu de distance. Voyant l'irrésolution d'Hubert, il eut crainte de l'avenir ; il tira brusquement de son sein l'annel sanglant et le présenta en silence ; son action demeura sans succès. Son bras fut repoussé vivement , sans que son maître osât l'envisager , sans qu'il relevât sa tête vers lui.

Il ne la releva pas de ce jour ; il parcourut le châtel et ne put y trouver un terme à son accablement ; il erra à l'orée des bois voisins, et se fatigua bientôt de leur silence... Le bruit seul aurait pu réveiller de son engourdissement ce cœur en proie déjà au remords.

Golo avait fait le malheur du comte, il eut pitié de son

état. Il avait jusque là évité de lui parler ; il ne songea point au froid accueil, aux paroles brèves et discourtoises qu'il entendrait ; il fut droit à Hubert, et, avec l'autorité d'un complice supérieur au repentir, il lui prit familièrement le bras.

« La nuit vient, messire, rentrons au châtel... »

Hubert le regarda d'un air sombre.

« Tu m'as préparé bien des nuits sans sommeil dans ce château, où tu m'as laissé seul, Golo ?

— Si vous avez regret du passé, vous avez ici des oubliettes ; appelez un de vos hommes d'armes, un seul, car le secret de ces choses doit être gardé ; je suis prêt à mourir, pourvu que votre renom soit irréprochable aux yeux de vos vassaux.

— Je connaissais bien ton dévouement ! Ma colère fut prompte, ta haine plus impatiente que ma colère, voilà ce qui nous a perdus. Que veux-tu de moi ?

— Déclarer que j'ai fait mon devoir.

— Soit ! pourtant je ne puis t'en récompenser. Penserai-je vrai en t'avouant que, pour une âme de fer

comme la tienne, servir ma vengeance t'a payé au-delà
de tes vœux? Quelle peine t'a coûté la mort d'une
faible femme? Tu n'as jamais senti mollir ton cœur et
pleurer tes yeux. Moi, il m'a fallu la fureur des mêlées,
les dangers de l'assaut, le cri des combats, pour im-
primer l'oubli à mes poignantes idées. Le Saxon ter-
rassé pouvait seul me faire oublier... celle qui fut
Geneviève... Les vaincus imploraient ma pitié... ma
compagne l'avait dédaignée, sans espoir peut-être de
l'obtenir... Je fus sans pitié... le malheur rend cruel...
J'ai traversé cent fois les rangs des Saxons en fuite,
et cent fois sans autre satisfaction que d'avoir versé
le sang et la colère.

— Eh bien! messire, vous avez fait ample moisson
de gloire, si ce n'est de butin.

— Belle gloire, que celle d'égorger des troupeaux
de Saxons!

— L'empereur vous en a pourtant récompensé?

— C'est vrai... Ton ambition sera satisfaite ; de sénéchal te voilà chancelier : ta fortune grandit avec la

mienne ; mais elle ne fera rien pour notre commune
félicité. Si le sénéchal a du sang aux mains, le comte
en a sa conscience toute rouge, sinon devant les
hommes, devant Dieu... Ainsi, Golo, garde du passé le
même silence que garde la tombe sur ceux qu'elle re-
couvre... Conserve l'annel jusqu'au jour où Dieu nous
le redemandera ; puisse le sang qu'il porte être alors
effacé à ses yeux ! »

Ils se séparèrent ; tous deux repensèrent à Geneviève, par des raisons et avec des émotions diverses,
mais ils ne reparlèrent plus de l'infortunée.

Hubert sortit rarement ; il refusait les fêtes que lui
offraient ses peuples ou les princes voisins. Les Bra-
brançons étaient accoutumés à le voir, comme na-
guère leur comtesse, se promener sur le donjon des
tours ; parfois appuyant sa tête sur le parapet et plongé
dans une morne rêverie, parfois occupé à regarder
des amusemens champêtres, bien qu'ils ne pussent
dérider ses ennuis. Il tenait souvent à la main quelque
branche fleurie du violier qu'affectionnait Gene-

viève... il l'effeuillait, en se promenant. Si Golo
survenait, la honte semblait poigner le comte de
se trouver en compagnie du meurtrier de sa femme.
A peine s'il montait quelquefois à cheval ; les forêts ne l'entendaient plus mener une chasse joyeuse...
aucune femme ne paraissait dans les salles du château...

Telle était la vie du vaillant duc de Brabant, comte
de Flandres et de Trèves : c'était la vie d'un homme
abattu par des revers ou par des remords.

Or, voici qu'un jour d'automne se présente un ermite au comte, lorsque celui-ci sortait pour rendre
justice sous le tilleul du châtel. Sans relever son capu-
chon il s'inclina et dit : « Messire, j'ai de vous une
grâce à requérir. — Parle, saint homme, dit le seigneur. Dans ma position, je ne suis que trop disposé à
servir les élus de Dieu ; je ne sais pas même si un froc
de moine ne me siérait pas mieux que mon armure,
sans force contre le péché et les remords qu'il peut
nous inspirer. — C'est Dieu qui vous a donné ces pen-

sées, qui semblent avoir préparé ma visite ; mais ce
n'est pas un cloître qui convient au vainqueur des
Saxons : l'époux de Geneviève ne saurait donner à
Dieu la foi que réclamerait sa noble épouse, si elle est
encore pleine de vie. — Geneviève ! tu es bien hardi
d'oser prononcer le nom d'une adultère !... Qui te parle
de foi, de sermens? Qui t'a donné mission de scruter
notre conscience? Attends, moine, attends, pour venir
m'interroger sur de pareils secrets, que je sois couché,
sans vie, sur un lit de cendres ; sinon tu cours risque,
malgré ta robe de bure et tes sandales de corde, de
demeurer pendu à ces créneaux.

— Qu'ai-je besoin d'attendre l'heure stérile de ta
mort, lorsque tu ne pourras, comte orgueilleux, ni
punir le crime, ni le réparer? Dis, Hubert, dis donc
au moine pourquoi, sans t'élancer dessus ton cour-
sier, le laisses-tu hennir? Pourquoi les bois sont-ils
muets de tes fanfares, quoique le gibier y foisonne?...
Et baissant la voix : Pourquoi, quand le soir est venu,
tu n'oses revoir la chambre de Geneviève, et que,

possédant deux annels, tu n'en portes aucun, l'un parce qu'il a demandé, l'autre parce qu'il a porté du sang? Dis au moine si tu n'es complice de Golo!

— Si tu sais cela, qui donc es-tu? Relève ton capuche.

— Tu ne verras, comte, que les traits d'un indigne pécheur, à qui Dieu a ordonné de venir vers toi, parce que tu es souffrant de corps et d'esprit. Regarde, peux-tu me reconnaître? Je fus braconnier dans ces bois, prisonnier dans ces tours; je devais périr; ne m'avais-tu pas condamné? Golo n'avait-il pas fait préparer la hart? Où donc était mon espoir de salut?... Ni ta sentence ni la hart n'ont pu m'atteindre. Ton sénéchal descendit me chercher lui-même dans le cachot; il serra familièrement ma main, il y plaça le denier du sang, m'intima tes ordres, tes nouveaux ordres de mort!... et... Pourquoi pâlir? Quand Golo te remit l'annel, tu crus ta vengeance accomplie, ta femme tuée, ton enfant aussi?

— Un fils! un enfant! Tu t'abuses, moine, ou tu te

6

joues de moi. » Le comte marchait à pas précipités, le regardant avec doute, mais sans colère; puis, d'une voix impétueuse : « La pensée de me désobéir te serait-elle venue du Ciel? ou bien serait-ce le prix du crime que tu viendrais chercher? »

Le moine répondit avec dignité : « J'avais oublié, comte, de vous dire que j'ai jeté l'argent de Golo dans le premier hallier. »

Il prit la main de l'ermite, et d'un ton affectueux lui demanda de raconter son œuvre miséricordieuse.

L'ancien braconnier conta la détresse de Geneviève, lors de sa sortie du châtel.

Son époux respira en apprenant qu'elle vivait. « Mes mains seront donc pures de leur sang! Oh! Geneviève, que tu fus coupable de ne point implorer ma pitié au nom d'un fils! Moine, montre-moi, montre ce reli-quaire, ce gage moins terrible que l'anneau que j'ai reçu... » L'ermite mit genou en terre et le présenta. Les mains tremblantes d'Hubert le portèrent à ses lèvres; des larmes arides s'arrêtèrent dans ses yeux

troublés. Il l'ouvrit ; il contenait des cheveux de Geneviève et l'anneau de sa mère...

Alors il s'agenouilla pour remercier Dieu. Quand il
fut relevé, il demanda de longs détails pour savoir
comment il pourrait retrouver la comtesse et leur enfant. « Je te récompenserai magnifiquement, disait-il
dans sa joie au moine. Je t'accorde grâce et liberté. —
Je suis serf de Dieu, reprit ce dernier en montrant sa
tonsure.—Tu seras mon chapelain ; tu baptiseras toi-
même cet enfant dont tu m'as conservé les jours. Si tu
veux rester ermite, je te ferai construire une chapelle
à l'endroit où tu conduisis Geneviève, afin que ce lieu
devienne sanctifié par ta présence. —Dieu vous tiendra
compte de ces pieuses intentions ; quant à moi, je resterai à l'ermitage que j'ai creusé dans le tronc d'un
chêne, près du sentier où passe le voyageur, à qui
j'offre dans ma solitude l'eau, l'abri et la nourriture
que je tiens de la charité du Ciel et des hommes. —
Restes-y, moine, le sommeil y est plus tranquille que
sous les voûtes du donjon. Pourtant nous allons entrer ;

Golo est absent, tu ne le verras point ; il faut que ta présence lui soit cachée. Demain, au point du jour, sous prétexte de chasse, tu guideras mes recherches. »

Ils se séparèrent. Des vivres furent apportés dans la chambre du moine, et une sentinelle eut ordre de ne point laisser communiquer le nouveau venu avec les gens du château.

Golo ignorait donc cette entrevue lorsqu'il fut mandé devant le comte. Il le trouva seul, assis sur une estrade en bois sculpté, devant un grand feu pétillant, soucieux, déguisant mal son ennui ou sa colère sous une distraction affectée. Le sénéchal rendit compte de ses occupations ; il fut interrompu par ces paroles prononcées avec une sorte de négligence : « Demain, sénéchal, nous aurons grande chasse. »

Golo sentit quelque joie à entendre son maître parler ainsi, puisqu'il annonçait par là renoncer bientôt à ses ennuis. Il tenait à cet homme dont il avait fait le malheur ; il se félicita de pouvoir le rendre à la joie, au plaisir ; il espéra qu'un oubli profond succèderait à d'amers souvenirs, et que l'oubli, plus puissant que la mort, pèserait à jamais sur la tombe ignorée où son crime était enseveli avec Geneviève.

« Mais le vent gronde fort contre vos projets, messire ; l'entendez-vous s'engouffrer dans la cheminée, et comme la forêt mène grand bruit ?

— Est-ce qu'il serait de votre plaisir de me contrarier, sénéchal ? reprit sèchement le comte.

— Non, non, messire ! je suis trop heureux de voir que la gaieté règnera désormais dans votre manoir, pour que je m'oppose à ce que, dès demain, nous commencions à pourchasser. J'aurais souhaité meilleur temps ; voilà ma pensée de tout à l'heure. Chasser, noble seigneur, quelle bonne idée vous avez eue là ! Comme demain nous arpenterons les clairières et les collines ! comme les bois, par le retentissement de nos fanfares, vont fêter notre bienvenue ! Laissez-moi, de grâce, comme font les fils de vilains, m'aller reposer, afin que *demain* vienne plus tôt !

— Ce demain tant souhaité de vous viendra sans

que vous le poussiez par l'épaule. Je vous annoncerai
encore une surprise : devinez qui nous accompagnera ? »

Golo cita de vaillans chevaliers, de puissans sei-
gneurs; il ne devinait point : le crime n'a jamais
prescience de son châtiment dans sa prosperité.

Il nomma de gentes châtelaines, et s'arrêta sur un
sombre regard du maître.

« Un ermite nous suivra, dit à voix basse Hubert.

— Pour bénir la mort de la biche blanche, si nous
la trouvons ? ajouta en riant le sénéchal.

— Pour retrouver Geneviève qui n'est point morte,
et que tu voulais tuer. »

La voix d'Hubert était solennelle.

Sa conscience avertit Golo du péril; le méchant vit
l'abîme; il ne laissa paraître pourtant sur ses traits
ni stupeur ni effroi; c'était à son complice qu'il
avait affaire, et il résolut de le dominer par l'ascendant qu'obtient une volonté impitoyable sur un esprit
troublé par les remords.

Hubert attendait sa réponse.

« Je me soucie de cet ermite comme d'un braconnier pendu.

— Cet ermite a été braconnier, et prétend te connaître. »

Il s'était poussé de lui-même au bord de l'abîme ; puisant dans sa détresse un nouveau courage, le méchant répondit :

« J'en doute. Qu'importe au reste, s'il n'a pas de gage en preuve de sa mission ?

— Reconnais-tu ce reliquaire ?

— Oui, messire ; ce braconnier sous vêtement de moine, comme loup sous peau de mouton, l'aura volé, et s'en vient quêter aumône ici, avec de beaux contes à vous empêcher de dormir.

— C'est toi, Golo, qui m'as ravi le sommeil ; j'ignore si le tien est bien profond. Tu veux jouer l'incrédulité, quitte ce masque, et crois au mal que tu as fait. »

Hubert lui rapporta le récit du moine.

Golo l'écoutait peu, marchant à longs pas, déniant

la vérité, songeant à mettre fin à ses périls par une
résolution hardie. Aussitôt qu'il l'eut conçue et prise,
il prit une attitude respectueuse devant le comte, et
lui demanda, avec une sorte d'intérêt, les détails les
plus importans.

« Tu ne m'écoutais donc pas tout à l'heure? s'écria
son maître indigné ; ou le crime te rend-il sourd aux
œuvres du Ciel? Geneviève vit, son enfant doit vivre,
celui qui les a sauvés respire ; voilà ce qui t'étonne,
ce qui t'accable et te fera traîner au gibet.

— Votre enfant! répliqua avec véhémence Golo...
Dites donc celui d'un page qui s'est enfui, et que ce
froc de moine cache peut-être! Si je fouillais ses vêtemens avec ma dague, je compterais bien trouver autre
chose qu'un chapelet ou qu'un reliquaire. Jamais ermite eut-il ce langage préparé, ces histoires si merveil-
leuses, ces miracles inventés pour défrayer la voix des
ménestrels? C'est un fabliau de page, conté par un
page, joué par un page à votre service, par les cornes
du diable!

— Tais-toi, foi mentie! tu blasphèmes... Va-t'en, complice de mon crime, va-t'en avec la vie sauve, ce que Geneviève n'obtint pas de nous.

— Ma vie vous appartient, noble comte; seulement j'aurais dû la mettre au service d'un maître plus intelligent dans ses pensées, plus ferme en ses projets. Puisque vous doutez de votre vassal, il doit remettre en vos mains le gage de son obéissance à vos ordres. Demain vous pourrez juger entre votre sénéchal, qui vous fut fidèle jusqu'à consommer votre crime, et ce je ne sais quel manant, braconnier ou ermite. Puisque vous reprenez ces annels, vous pouvez m'accuser; appelez ce moine; appelez aussi le bourreau; je me chargerai seul de la mort de Geneviève, de la femme adultère devant Dieu et devant les hommes. Croyez-vous que je ne saurai pas garder le silence devant ce peuple dont j'ai plié l'humeur rebelle à votre autorité? Ou, si vous craignez que ce peuple vous nomme le comte à l'anneau sanglant, mandez ce faux ermite; je lui confesserai tout et prendrai ce sang pour

moi. Les oubliettes ne sont pas loin ; je ne reculerai
ni devant péril de l'âme ni devant péril de corps... Le
vassal une fois supplicié, vous ne refuserez pas aux
prêtres la satisfaction d'ériger une chapelle en mémoire de tout ceci ; j'espère qu'on ne vous y fera pas
faire amende honorable, une torche au poing, pieds
nus ; non, vous êtes de trop noble race pour qu'on
pretende l'exiger. Mais à l'heure où, vieil et froid sur
la couche vous mourrez, ne viendra-t-il pas un con-
fesseur, votre ermite par exemple, serf orgueilleux de
te demander, comte Hubert, l'aveu de tes fautes, et
qui, pour prix du pardon, te dictera donation de tes
quatre comtés au profit d'un monastère ? Les moines
règneront, puisque tu n'as pas de postérité. Les ménestrels parcourront tes domaines, en chantant la bal-
lade où sera racontée l'histoire de la pieuse Geneviève,
de l'infâme Golo et du cruel Hubert ; ils en réjouiront
tes varlets attroupés autour des moines, qu'ils serviront
dans cette salle dépouillée de tes armures et de tes ban-
nières. Maintenant mande, si tu le veux, le bourreau. »

Hubert garda le silence. Qu'aurait-il pu répondre à son complice? Un crime avait uni leurs mains. C'est à peine si le maître témoigna sa surprise d'une telle audace. « Quelle haine t'inspira donc Geneviève, lorsque tu m'es si dévoué? — La haine qu'inspire toute noble épouse qui souille son nom et l'honneur de son époux. Femme de Golo, elle eût reçu son pardon en entrant au cloître; mariée au comte Hubert, au grand forestier de France, elle devait périr, afin que sa mort empêchât les manans de livrer votre nom aux moqueries.

— Tu t'abuses si tu penses qu'ils ne la pleurent pas.

— Que vous importe à cette heure, que vous régnez sur eux du droit de pleine puissance, comme comte du saint Empire Romain?

— Demeure, toi que je n'ai plus le droit de punir; sers mieux désormais mes intérêts, mon bonheur surtout, et sois heureux, si le sommeil ne manque pas à tes nuits. Pour moi, je veille, je veillerai long-temps, puisque ta voix vient encore de dissiper des espé-

rances à peine conçues : les remords ne pardonnent
point.

— Il vous reste assez de gloire et de puissance
pour faire envie à un roi. La bannière de Saint-
Hubert brille au premier rang des douze pairs de l'empereur.

— Un fils ne la relèvera pas sur la tombe où je dor-
mirai mon dernier sommeil. »

Le comte alors entra dans son retrait en soupirant
d'amère tristesse.

Golo se retira plus en faveur que jamais.

De bonne heure les cors appelèrent aux bois. On
suivit d'abord une sorte de chasse , qu'on quitta lorsqu'on se fut enfoncé dans la profondeur des hautes
futaies. Les recherches commencèrent , l'ermite en
tête , surveillé plutôt qu'escorté d'archers à cheval. Le
comte suivait en compagnie de Golo et du reste de sa
maison. On examinait les moindres grottes , on n'oublia pas un tronc d'arbre creux , pas un gîte de bêtes
fauves. On recherchait la trace de pas inconnus dans

les taillis brisés ; on s'estimait heureux s'ils condui-
saient à des retraites solitaires ; on s'attristait de les
voir cesser tout à coup ou de reconnaître qu'ils appar-
tenaient à un pas d'homme. Le lieu présumé de la mort
de Geneviève n'ayant produit aucune révélation, le
comte s'arrêta, découragé, à contempler ce fourré
sauvage ; il était tenté d'élever la voix, et une secrète
horreur, en pensant que Golo disait vrai peut-être,
retint sa voix. « Les bêtes feroces auront dévoré son
cadavre, dit le sénéchal à l'oreille du comte.

—Allons plus loin, » s'écria ce dernier sans répondre
au meurtrier.

Golo se livrait aussi à des recherches ; on l'apercevait çà et là, curieux, infatigable ; il espérait trouver
trace d'ossemens humains : son espoir tardait à s'accomplir ; aussi laissait-il percer une inquiétude étrange,
l'inquiétude du crime. Cependant, en fouillant près
d'un fourré, il trouva ce qu'il avait odieusement
souhaité. Il cria ; tous accoururent, Hubert le dernier,
puisque Golo disait son épouse morte. Après une dou-

loureuse attente, on s'accorda à ne voir dans quelques débris humains, que ceux d'un forestier tué par des braconniers.

« A quoi bon nous égarer dans les Ardennes? s'écria Golo rassuré. Quelle consolation retirerons-nous de chercher de semblables trouvailles? Les braconniers peuvent-ils faire d'autres œuvres?

— Ils peuvent sauver la vie de ceux que tu condamnes. » C'était l'ermite qui prononçait ces mots à l'oreille du maudit. Celui-ci se redressa de toute sa hauteur... Bien qu'il eût reconnu l'homme et la voix, il ne frémit point, il se contenta de répliquer d'un air sinistre :

« Avant que le soleil soit couché, il y aura quelqu'un de moins dans notre suite.

— Pourquoi? demanda Hubert.

— Les sangliers n'aiment point les braconniers déguisés en moine.

— Tais-toi, sénéchal, on veille sur toi et sur lui.

— Les chênes sont trop beaux sans glandée, ils attendent une proie autant que ces corbeaux à qui nous refusons pâture, hasarda un officier témoin de la querelle.

— Un braconnier, sire moine. — Un homicide, sire sénéchal.

La conversation se rompit à l'instant, car ces battues avaient fait lever le gibier ; quelques flèches furent tirées, plus par habitude que par désir de chasser... Une de ces flèches atteignit une laie que suivaient quelques sangliers ; cette bande sauvage fondit à l'improviste sur les chasseurs. L'ermite était non armé ; son cheval fut éventré et lui-même déchiré par la laie, qu'on eut grand' peine à tuer ; il fit signe à Golo et au comte d'approcher... « Par ma mort, noble seigneur, Geneviève vit ; continuez à fouiller les Ardennes au midi... Pour toi, Golo, ton jour est proche ; tu vois que je suis déjà venu.

— Chien de braconnier, si tu n'es pas ermite, je ne te crains pas ; le sort que je t'ai prédit t'arrive ; il ne manque plus que de te pendre à ce chêne. »

Le comte s'éloigna frappé d'idées superstitieuses. Le cadavre frémissait encore des dernières convulsions, que Golo hésitait à le quitter sans s'assurer de sa mort.

« Qui pourrait m'accuser? » disait-il seul devant l'ermite. Par un dernier effort, le cadavre se souleva à demi et répondit : « Dieu. »

Le cadavre retomba, Golo s'enfuit.

La troupe rentra silencieuse au château, Hubert sombre, le sénéchal presque joyeux, les gens inquiets de la mort soudaine de l'ermite. Ils causaient en arrière de la faveur mystérieuse qui protégeait Golo, malgré qu'il eût trempé ses mains dans le sang de sa maîtresse; ils parlaient bas, tant ils redoutaient soit son ascendant sur leur seigneur, soit son alliance avec quelque démon, attribuant sa prospérité à une cause surnaturelle.

Il y avait presque dix ans que Geneviève demeurait dans son ermitage; jusqu'alors elle n'avait eu aucun

dessein de ramener son fils à son père ; mais le voyant
fort et beau , elle affaiblie par ses malheurs et des ma-
ladies inséparables de l'état sauvage où elle était tom-
bée soudainement du faîte de ses prospérités , elle se
demanda si ce ne serait point tenter la Providence
que de quitter l'asile qu'elle semblait en avoir reçu
contre l'infortune. Toutes ses angoisses maternelles
renaissaient en songeant à l'accueil qui serait fait à son
enfant. Séparée du monde plus que ne le sont les er-
mites dans un désert, par quels moyens pourrait-elle
réussir? Elle ignorait les chemins ; elle aurait des pri-
vations à souffrir ; les vêtemens lui manquaient. A
quels signes se ferait-elle reconnaître? Hubert ressemblait au comte ; mais le cœur d'une mère pouvait se
tromper ; elle ne possédait plus d'anneau , de reliquaire ; elle-même devait être bien changée par cette
vie rude à laquelle l'adversité la condamnait. Les yeux
de son époux ne verraient peut-être qu'une pauvre
insensée dans la malheureuse Geneviève, et, de honte,
elle renonçait à son projet, mais elle pensait à la mort,

7

et toutes ses inquiétudes revenaient plus vives déchi-
rer son cœur. « Si mon fils mourait, je mourrais,
tout serait fini; si, au contraire, c'est moi qui vais
première de vie à trépas, que deviendra-t-il? Il pé-
rira dévoré des bêtes féroces, s'il quitte cette grotte,
ou privé du nécessaire, puisqu'il ignore les premiers
soins domestiques. » Dans cette pensée, elle tâchait de
lui apprendre à la suppléer en diverses occasions. Ensuite cette vie solitaire lui devenait insupportable par
un motif d'orgueil naturel dans une mère : cet enfant,
lorsqu'il aurait atteint la force de l'homme, ne saurait
rester privé d'une compagne. Traîner la vie d'un braconnier et d'un ermite convenait à une existence à
qui le besoin d'expiation ou des goûts étranges l'im-
posaient... Mais l'héritier du Brabant ne pouvait y
être asservi que par sa destinée. Or Dieu, en le con-
servant si miraculeusement, avait témoigné de sa volonté à le rendre à sa haute fortune.

Elle avait embrassé avec ardeur ce projet, remet-
tant à des temps plus éloignés son exécution. Elle

commença néanmoins par instruire son enfant de sa
déplorable histoire ; elle lui conta la scélératesse de
Golo, leur isolement ; elle ne tut que l'égarement
d'Hubert. Elle souriait, la pauvre exilée, lorsque
l'enfant indigné se demandait le lieu où restait leur
persécuteur ; elle souriait de voir ce visage aux traits
gracieux respirer la colère d'un autre âge, et ses
mains, encore enfantines, lever, en signe de menace,
l'épieu dont il semblait déjà frapper Golo ; elle souriait
et pleurait tour à tour.

Dans une fraîche matinée d'automne, assis sur les
derniers gazons fleuris de l'année, ils causaient, la
mère en tressant du jonc, le fils en durcissant un
épieu.

« Comment les hommes nomment-ils ceux qui t'ont
persécutée avec Golo? — Les méchans. — Pourquoi,
demandait l'enfant, Dieu, qui te protége parce que tu
suis sa loi, les laisse-t-il vivre ? — Afin qu'ils se repen-
tent. — Et pourquoi mon père, qui est puissant parmi
les hommes, t'a-t-il livrée aux méchans? — Ils l'ont

trompé. — Non, puisqu'il t'aimait. — Enfant, toi-même
tu seras peut-être trompé par le cœur qui semblera
te chérir le plus. — Eh bien ! restons où nous sommes ;
j'aime mieux ces voûtes de verdure que ces voûtes de
pierre de vos villes. Tiens, regarde, je dépasse notre
églantier de toute la tête ; je grandirai encore ; l'arbuste
ne s'élance-t-il pas plus haut dans les airs à chaque printemps? Me voilà fort; je ne crains plus les loups de la
forêt; tu ne sortiras plus ; c'est à moi à te nourrir,
comme tu l'as fait quand je ressemblais au passereau. —
Tu ne crains pas le danger; crois-tu que je ne tremble
pas en demeurant seule à t'attendre ici? Au milieu des
hommes tu seras aimé... — M'aimeront-ils autant que
toi? — Tu leur commanderas. — Et s'ils désobéissent?
— Il y a des lois qui punissent la désobéissance. — Je
ne comprends pas que la volonté d'un seul en impose
à tous. — Si, s'il est le plus noble et le plus brave. —
Alors, je serai brave, sinon le plus noble. — Les justes
te reconnaîtront pour l'héritier de ton père. — Comme
ces jeunes cerfs au port majestueux qui guident la

troupe de leurs compagnons? — Prends garde, enfant,
l'ambition mène à la mort. — Je ne la crains pas, car
elle ressemble au sommeil, quand je dors sur tes genoux. Je veux aller chez les hommes ; je veux parler
à mon père; je lui demanderai des armes pour mener
les jeunes au combat contre les méchans.

— Ambitieux et guerrier ! » pensa la mère, toute
fière de reconnaître dans les paroles de son fils le caractère du comte.

« Peut-être que ton père ne voudra pas te reconnaître. — Ce serait une iniquité, et, puisqu'il commande aux hommes, il doit être juste. — Dieu peut
t'imposer cette épreuve. — Alors je la subirai ; je re-
viendrai dans ces bois ; je resterai chasseur libre sous
ces ombres verdoyantes, autant que l'hirondelle sous
la feuillée ; j'y suis né, j'y mourrai, sans faire un pas
de la vie à la tombe.

— Comprends-tu bien la mort ?

— La mort ! répéta l'enfant troublé ; tu m'as dit que
c'était un sommeil ; que Dieu nous recevait dans ses

bras, comme tu faisais de moi quand j'étais plus petit...
Non, je ne crains pas de mourir.

— Si tout à l'heure, sans ouvrir les yeux à tes caresses, sans te répondre, pauvre orphelin, je demeu-
rais aussi froide que la pierre où je m'asseois?...

— Je t'appellerais tant que tu me répondrais...

— La mort ne répond jamais.

— Comment voudrais-tu que Dieu me laissât vivre
sans toi?

— La volonté de Dieu est que l'homme soit utile à
ses frères : s'il est leur égal, pour qu'il prenne part au
fardeau des peines communes; s'il est leur maître,
afin qu'il rende plus léger le fardeau de ceux qui sont
nés faibles. Quand l'homme refuse de porter son fardeau jusqu'à la mort, c'est un lâche ou un insensé qui
redoute la souffrance. La vie est une épreuve, mon
fils, nous devons demander au Ciel qu'elle soit courte
si elle est pénible, qu'il en soit à sa volonté si nos forces
sont égales au fardeau. »

C'est ainsi que Geneviève instruisait son fils dans la

pratique de ces vérités que l'adversité même ne fait pas toujours connaître aux puissans de la terre : tant leur orgueil repousse ses rudes leçons !

Or, voici que les sons lents et nourris du cor vinrent renfler le murmure de la source ; l'enfant parut surpris et joyeux du bruit guerrier qui résonnait pour la première fois à ses oreilles. Ce bruit se rapprochait ; il semblait sortir des sombres futaies qui couvraient les collines opposées.

Geneviève pâlit ; l'enfant inquiet l'interrogea sans qu'elle répondît ; la biche qui l'avait allaité, couchée près d'eux, respira fortement, se dressa, puis à bonds précipités vola dans la vallée ; elle avait senti son faon poursuivi par de nombreux chasseurs.

Geneviève les vit cavalcader au loin ; montée sur un rocher, elle montra à son fils la bannière du comte Hubert, *à la tête de sanglier coupée*, et l'enfant battit des mains, joyeux du bruit de la chasse, des armures, tandis que sa mère tremblait, agitée par la terreur et l'espoir.

Elle resta long-temps assise sur ce rocher, dans l'attente que la chasse reviendrait par le vallon.

Son attente ne fut point déçue ; ce fut long-temps après, le soleil prêt à se coucher, que les armures brillèrent çà et là dans les taillis, que les trompes sonnèrent à l'envi. Le faon reparut blessé ; il passa sans rentrer à la grotte ; puis ce fut le tour de la biche, cernée par une meute haletante. La sueur ne mouillait point son poil lustré ; ses membres étaient aussi souples qu'au début de la chasse : quand les chiens la pressaient, elle s'arrêtait, leur faisait face, ensuite elle reprenait sa course. C'est ainsi qu'elle remonta jusqu'à la grotte. L'enfant de Geneviève vit le péril de sa nourrice ; il saisit son épieu, sans écouter sa mère, qui lui disait en le pressant convulsivement : « Mon fils, mon Hubert, sauve-toi et sauve ta mère ! »

Dans le péril où elle croyait son fils, elle était redevenue une simple femme.

L'enfant lança son épieu sur le premier chien qui sauta dans la grotte, à l'entrée de laquelle était couchée la biche au blanc poitrail... Le chien tomba en poussant un long hurlement.

Toute la troupe des chasseurs accourut, le comte et Golo des premiers. Le premier admira l'adresse et les traits de l'enfant, le second frémit de la ressemblance de ses traits avec ceux de son maître. Une sorte d'ombre, qu'on voyait s'agiter sous la grotte, s'élança, saisit l'enfant, puis, se prosternant aux pieds d'Hubert :

« Comte, voici ton fils : grâce pour lui, et justice pour sa mère! »

Le grand-forestier recula en se signant; profitant du mouvement, son sénéchal poussa son cheval, comme si son maître eût été en danger, et eût, du choc, écrasé Geneviève, si le cheval n'eût failli s'abattre, tant un coup d'épieu le frappa grièvement.

« Il n'y a que l'infâme Golo qui accomplisse une telle lâcheté! » criait l'enfant en brandissant de nouveau son épieu.

A cette voix, à cette action, Hubert accourut, se jeta à bas de son cheval, prit l'enfant dans ses bras robustes, le considéra un instant ; puis, d'une voix altérée : « Où est ta mère?

— Faites éloigner vos gens, dit avec dignité l'exilée ; que Golo reste, et maintenant qu'il accuse...

— Il y a sorcellerie ! s'écria le pervers troublé et non abattu. Souvenez-vous du faux ermite ; faites tirer sur cette biche et pendre cette sorcière. »

Il voulut brandir son épieu. Soudain la biche se lève et vient droit à lui, en redressant sa tête majestueuse où brillait le signe du salut.

Les chasseurs se découvrirent et se signèrent.

« Le Ciel te condamne ! s'écria Hubert. Eh bien ! Golo, tu ne demandes pas grâce ? tu ne crains pas que je te livre, comme vermine de chasse, en curée à ces chiens affamés? »

Le sénéchal releva ses yeux baissés dans un morne désespoir. « Je suis hors du bras des hommes, » répondit-il d'une voix fière.

En effet, un chevalier inconnu, aux armes noires et de feu, s'approcha de Golo, et, lui posant familiè-

rement la main sur l'épaule, sembla la ployer sous
une puissance surnaturelle.

Tous se tenaient à distance.

« T'étonnerais-tu, à l'heure du péril, de revoir un
ami? Me voici au rendez-vous aussitôt que toi. Pourquoi
compter sur l'indulgence du comte, sur la mansué-
tude de Geneviève? N'est-ce pas qu'elle te paraît belle,
cette victime qui demande encore grâce pour toi? Les
anges révoltés seraient tombés avec elle aux pieds de
Jéhovah, s'ils l'eussent entendue l'adorer. Et voici que
tu la retrouves pour la perdre à jamais!... Tu oses
prier, maudit!

— Que crains-tu? répliqua ce dernier; je ne me re-
pens pas. Il y a un nom qui me sauverait; ce nom... si
Geneviève... Eh bien! je suis damné, je ne le pronon-
cerai pas. »

L'inconnu leva sa visière.

Alors, dans un tourbillon jusque-là invisible de chasseurs, de chevaux, de chiens noirs, disparut l'infâme
sénéchal.

Ce tourbillon aux sons aigus du cor infernal ne cesse
de poursuivre, durant les nuits d'orage, la biche au
blanc poitrail, qui, pour le faire fuir, n'a qu'à mon-
trer sa croix d'ébène.

Geneviève demanda la tombe du malheureux braconnier ; là, elle s'agenouilla, priant pour son bienfai-
teur, pour ses ennemis. Cette voix solennelle de l'infortune et de l'innocence planant sur l'assemblée
qu'elle semblait bénir, monta comme un pur encens
au trône de l'Éternel. L'ange radieux qui l'y porta
répandit sur cette prière des larmes célestes, et Dieu,
qui l'entendit, fit briller au front du firmament mille
étoiles nouvelles.

FIN.

www.ingramcontent.com/pod-product-compliance
Lightning Source LLC
Chambersburg PA
CBHW060840250626
47162CB00005B/2121